Stefan Zweig
Die unsichtbare Sammlung.
Novellen

SEVERUS Verlag

Zweig, Stefan: Die unsichtbare Sammlung. Novellen. 2013
Neuauflage der Ausgabe von 1927
ISBN: 978-3-86347-704-2

Umschlaggestaltung: © Lleroy

Bibliografische Information der Deutschen Nationalbibliothek: Die
Deutsche Nationalbibliothek verzeichnet diese Publikation in der
Deutschen Nationalbibliografie; detaillierte bibliografische Daten
sind im Internet über https://dnb.de abrufbar.

Der SEVERUS Verlag ist ein Imprint der Bedey & Thoms Media GmbH,
Hermannstal 119k, 22119 Hamburg

SEVERUS Verlag, 2013
http://www.severus-verlag.de
Gedruckt in Deutschland
Der SEVERUS Verlag übernimmt keine juristische Verantwortung
oder irgendeine Haftung für evtl. fehlerhafte Angaben und deren Folgen.

Stefan Zweig

Die unsichtbare Sammlung
Novellen

MIX
Papier aus verantwortungsvollen Quellen
Paper from responsible sources
FSC® C105338

Stefan Zweig

Die unsichtbare Sammlung

Die unsichtbare Sammlung
Buchmendel
Unvermutete Bekanntschaft mit einem Handwerk

Novellen

Die unsichtbare Sammlung
Eine Episode aus der deutschen Inflation

Zwei Stationen hinter Dresden stieg ein älterer Herr in unser Abteil, grüßte höflich und nickte mir dann, aufblickend, noch einmal ausdrücklich zu wie einem guten Bekannten. Ich vermochte mich seiner im ersten Augenblick nicht zu entsinnen; kaum nannte er aber dann mit einem leichten Lächeln seinen Namen, erinnerte ich mich sofort: Es war einer der angesehensten Kunstantiquare Berlins, bei dem ich in Friedenszeit öfters alte Bücher und Autographen besehen und gekauft. Wir plauderten zunächst von gleichgültigen Dingen. Plötzlich sagte er unvermittelt:

„Ich muss Ihnen doch erzählen, woher ich gerade komme. Denn diese Episode ist so ziemlich das Sonderbarste, was mir altem Kunstkrämer in den siebenunddreißig Jahren meiner Tätigkeit begegnet ist. Sie wissen wahrscheinlich selbst, wie es im Kunsthandel jetzt zugeht, seit sich der Wert des Geldes wie Gas verflüchtigt: Die neuen Reichen haben plötzlich ihr Herz entdeckt für gotische Madonnen und Inkunabeln und alte Stiche und Bilder; man kann ihnen gar nicht genug herzaubern, ja wehren muss man sich sogar, dass einem nicht Haus und Stube kahl ausgeräumt wird. Am liebsten kauften sie einem noch den Manschettenknopf vom Ärmel weg und die Lampe vom Schreibtisch. Da wird es nun eine immer härtere Not, stets neue Waren herbeizuschaffen – verzeihen Sie, dass ich für diese Dinge, die unsereinem sonst etwas Ehrfürchtiges bedeuteten, plötzlich Ware sage –, aber diese üble Rasse hat einen ja selbst daran gewöhnt, einen wunderbaren Venezianer Wiegendruck nur als Überzug von soundsoviel Dollars zu betrachten und eine Handzeichnung des Guercino als Inkarnation von ein paar Hundertfrankenscheinen. Gegen die penetrante Eindringlichkeit dieser plötzlich Kaufwütigen hilft kein Widerstand. Und so war ich über Nacht wieder einmal ganz ausgepowert und hätte am liebsten die Rolladen heruntergelassen, so schämte ich mich, in unserem alten Geschäft, das schon mein Vater vom Großvater übernommen, nur noch erbärmlichen Schund herumkümmeln zu sehen, den früher kein Straßentrödler im Norden sich auf den Karren gelegt hätte.

In dieser Verlegenheit kam ich auf den Gedanken, unsere alten Geschäftsbücher durchzusehen, um einstige Kunden aufzustöbern, denen ich vielleicht ein paar Dubletten wieder abluchsen könnte. Eine solche alte Kundenliste ist immer eine Art Leichenfeld, besonders in jetziger Zeit, und sie lehrte mich eigentlich nicht viel: Die meisten unserer früheren Käufer hatten längst ihren Besitz in Auktionen abgeben müssen oder waren gestorben, und von den wenigen Aufrechten war nichts zu erhoffen. Aber da stieß ich plötzlich auf ein ganzes Bündel Briefe von unserem wohl ältesten Kunden, der mir nur darum aus dem Gedächtnis gekommen war, weil er seit Anbruch des Weltkrieges, seit 1914, sich nie mehr mit irgendeiner Bestellung oder Anfrage an uns gewandt hatte. Die Korrespondenz reichte – wahrhaftig keine

Übertreibung! – auf beinahe sechzig Jahre zurück; er hatte schon von meinem Vater und Großvater gekauft, dennoch konnte ich mich nicht entsinnen, dass er in den siebenunddreißig Jahren meiner persönlichen Tätigkeit jemals unser Geschäft betreten hätte. Alles deutete darauf hin, dass er ein sonderbarer, altväterischer, skurriler Mensch gewesen sein musste, einer jener verschollenen Menzel- oder Spitzweg-Deutschen, wie sie sich noch knapp bis in unsere Zeit hinein in kleinen Provinzstädten als seltene Unika hier und da erhalten haben. Seine Schriftstücke waren Kalligraphika, säuberlich geschrieben, die Beträge mit dem Lineal und roter Tinte unterstrichen, auch wiederholte er immer zweimal die Ziffer, um ja keinen Irrtum zu erwecken: Dies sowie die ausschließliche Verwendung von abgelösten Respektblättern und Sparkuverts deuteten auf die Kleinlichkeit und fanatische Sparwut eines rettungslosen Provinzlers. Unterzeichnet waren diese sonderbaren Dokumente außer mit seinem Namen stets noch mit dem umständlichen Titel: Forst- und Ökonomierat a. D., Leutnant a. D., Inhaber des Eisernen Kreuzes erster Klasse. Als Veteran aus dem siebziger Jahr musste er also, wenn er noch lebte, zumindest seine guten achtzig Jahre auf dem Rücken haben. Aber dieser skurrile, lächerliche Sparmensch zeigte als Sammler alter Graphiken eine ganz ungewöhnliche Klugheit, vorzügliche Kenntnis und feinsten Geschmack: Als ich mir so langsam seine Bestellungen aus beinahe sechzig Jahren zusammenlegte, deren erste noch auf Silbergroschen lautete, wurde ich gewahr, dass sich dieser kleine Provinzmann in den Zeiten, da man für einen Taler noch ein Schock schönster deutscher

Holzschnitte kaufen konnte, ganz im stillen eine Kupferstichsammlung zusammengetragen haben musste, die wohl neben den lärmend genannten der neuen Reichen in höchsten Ehren bestehen konnte. Denn schon was er bei uns allein in kleinen Mark- und Pfennigbeträgen im Laufe eines halben Jahrhunderts erstanden hatte, stellte heute einen erstaunlichen Wert dar, und außerdem ließ sich's erwarten, dass er auch bei Auktionen und anderen Händlern nicht minder wohlfeil gescheffelt. Seit 1914 war allerdings keine Bestellung mehr von ihm gekommen, ich jedoch wiederum zu vertraut mit allen Vorgängen im Kunsthandel, als dass mir die Versteigerung oder der geschlossene Verkauf eines solchen Stapels hätte entgehen können: So musste dieser sonderbare Mann wohl noch am Leben oder die Sammlung in den Händen seiner Erben sein.

Die Sache interessierte mich, und ich fuhr sofort am nächsten Tage, gestern Abend, direkt drauflos, geradewegs in eine der unmöglichsten Provinzstädte, die es in Sachsen gibt; und als ich so vom kleinen Bahnhof durch die Hauptstraße schlenderte, schien es mir fast unmöglich, dass da, inmitten dieser banalen Kitschhäuser mit ihrem Kleinbürgerplunder, in irgendeiner dieser Stuben ein Mensch wohnen sollte, der die herrlichsten Blätter Rembrandts neben Stichen Dürers und Mantegnas in tadelloser Vollständigkeit besitzen könnte. Zu meinem Erstaunen erfuhr ich aber im Postamt auf die Frage, ob hier ein Forst- oder Ökonomierat dieses Namens wohne, dass tatsächlich der alte Herr noch lebe, und machte mich – offen gestanden, nicht ohne etwas Herzklopfen – noch vor Mittag auf den Weg zu ihm.

Ich hatte keine Mühe, seine Wohnung zu finden. Sie war im zweiten Stock eines jener sparsamen Provinzhäuser, die irgendein spekulativer Maurerarchitekt in den sechziger Jahren hastig aufgekellert haben mochte. Den ersten Stock bewohnte ein biederer Schneidermeister, links glänzte im zweiten Stock das Schild eines Postverwalters, rechts endlich das Porzellantäfelchen mit dem Namen des Forst- und Ökonomierates. Auf mein zaghaftes Läuten tat sofort eine ganz alte, weißhaarige Frau mit sauberem schwarzem Häubchen auf. Ich überreichte ihr meine Karte und fragte, ob Herr Forstrat zu sprechen sei. Erstaunt und mit einem gewissen Misstrauen sah sie zuerst mich und dann die Karte an: In diesem weltverlorenen Städtchen, in diesem altväterischen Haus schien ein Besuch von außen her ein Ereignis zu sein. Aber sie bat mich freundlich, zu warten, nahm die Karte, ging hinein ins Zimmer; leise hörte ich sie flüstern und dann plötzlich eine laute, polternde Männerstimme: 'Ah, der Herr R. ... aus Berlin, von dem großen Antiquariat ... soll nur kommen, soll nur kommen ... freue mich sehr!' Und schon trippelte das alte Mütterchen wieder heran und bat mich in die gute Stube.

Ich legte ab und trat ein. In der Mitte des bescheidenen Zimmers stand hochaufgerichtet ein alter, aber noch markiger Mann, mit buschigem Schnurrbart in verschnürtem, halb militärischem Hausrock und hielt mir herzlich beide Hände entgegen. Doch dieser offenen Geste unverkennbar freudiger und spontaner Begrüßung widersprach eine merkwürdige Starre in seinem Dastehen. Er kam mir nicht einen Schritt entgegen, und ich musste – ein wenig befremdet – bis an ihn heran, um seine Hand zu fassen. Doch als ich sie fassen wollte, merkte ich an der waagerecht unbeweglichen Haltung dieser Hände, dass sie die meinen nicht suchten, sondern erwarteten. Im nächsten Augenblick wusste ich alles: Dieser Mann war blind.

Schon von Kindheit an, immer war es mir unbehaglich, einem Blinden gegenüberzustehen, niemals konnte ich mich einer gewissen Scham und Verlegenheit erwehren, einen Menschen ganz als lebendig zu fühlen und gleichzeitig zu wissen, dass er mich nicht so fühlte wie ich ihn. Auch jetzt hatte ich ein erstes Erschrecken zu überwinden, als ich diese toten, starr ins Leere hineingestellten Augen unter den aufgesträubten weißbuschigen Brauen sah. Aber der Blinde ließ mir nicht lange Zeit zu solcher Befremdung, denn kaum dass meine Hand die seine berührte, schüttelte er sie auf das kräftigste und erneute den Gruß mit stürmischer, behaglich-polternder Art. 'Ein seltener Besuch', lachte er mir breit entgegen, 'wirklich ein Wunder, dass sich einmal einer der Berliner großen Herren in unser Nest verirrt ... Aber da heißt es vorsichtig sein, wenn sich einer der Herren Händler auf die Bahn setzt ... Bei uns zu Hause sagt man immer: Tore und Taschen zu, wenn die Zigeuner kommen ... Ja, ich kann mir's schon denken, warum Sie mich aufsuchen ... Die Geschäfte gehen jetzt schlecht in unserem armen, heruntergekommenen Deutschland, es gibt keine Käufer mehr, und da besinnen sich die großen Herren wieder einmal auf ihre alten Kunden und suchen ihre Schäflein auf ... Aber bei mir, fürchte ich, werden Sie kein Glück haben, wir armen, alten Pensionisten sind froh, wenn wir unser Stück Brot auf dem Tische haben. Wir können nicht mehr mittun bei den irrsinnigen Preisen, die ihr jetzt macht ... unsereins ist ausgeschaltet für immer.'

Ich berichtigte sofort, er habe mich missverstanden, ich sei nicht gekommen, ihm etwas zu verkaufen, ich sei nur gerade hier in der Nähe gewesen und hätte die Gelegenheit nicht versäumen wollen, ihm als vieljährigem Kunden unseres Hauses und einem der größten Sammler Deutschlands meine Aufwartung zu machen. Kaum hatte ich das Wort 'einer der größten Sammler Deutschlands' ausgesprochen, so ging eine seltsame Verwandlung im Gesicht des alten Mannes vor. Noch immer stand er aufrecht und starr inmitten des Zimmers, aber jetzt kam ein Ausdruck plötzlicher Helligkeit und innersten Stolzes in seine Haltung, er wandte sich in die Richtung, wo er seine Frau vermutete, als wollte er sagen: 'Hörst du', und voll Freudigkeit in der Stimme, ohne eine Spur jenes militärisch barschen Tones, in dem er sich noch eben gefallen, sondern weich, geradezu zärtlich, wandte er sich zu mir:

'Das ist wirklich sehr, sehr schön von Ihnen ... Aber Sie sollen auch nicht umsonst gekommen sein. Sie sollen etwas sehen, was Sie nicht jeden Tag zu sehen bekommen, selbst nicht in Ihrem protzigen Berlin ... ein paar Stücke, wie sie nicht schöner in der „Albertina" und in dem gottverfluchten Paris zu finden sind ... Ja, wenn man sechzig Jahre sammelt, da kommen allerhand Dinge zustande, die sonst nicht gerade auf der Straße liegen. Luise, gib mir mal den Schlüssel zum Schrank!'

Jetzt aber geschah etwas Unerwartetes. Das alte Mütterchen, das neben ihm stand und höflich, mit einer lächelnden, leise lauschenden Freundlichkeit an unserem

Gespräch teilgenommen, hob plötzlich zu mir bittend beide Hände auf, und gleichzeitig machte sie mit dem Kopfe eine heftig verneinende Bewegung, ein Zeichen, das ich zunächst nicht verstand. Dann erst ging sie auf ihren Mann zu und legte ihm leicht beide Hände auf die Schultern: 'Aber Herwarth', mahnte sie, 'du fragst ja den Herrn gar nicht, ob er jetzt Zeit hat, die Sammlung zu besehen, es geht doch schon auf Mittag. Und nach Tisch musst du eine Stunde ruhen, das hat der Arzt ausdrücklich verlangt. Ist es nicht besser, du zeigst dem Herrn alle die Sachen nach Tisch, und wir trinken dann gemeinsam Kaffee? Dann ist auch Annemarie hier, die versteht ja alles viel besser und kann dir helfen!'

Und nochmals, kaum dass sie die Worte ausgesprochen hatte, wiederholte sie gleichsam über den Ahnungslosen hinweg jene bittend eindringliche Gebärde. Nun verstand ich sie. Ich wusste, dass sie wünschte, ich solle eine sofortige Besichtigung ablehnen, und erfand schnell eine Verabredung zu Tisch. Es wäre mir ein Vergnügen und eine Ehre, seine Sammlung besehen zu dürfen, aber dies sei mir kaum vor drei Uhr möglich, aber dann würde ich mich gern einfinden.

Ärgerlich wie ein Kind, dem man sein liebstes Spielzeug genommen, wandte sich der alte Mann herum. 'Natürlich', brummte er, 'die Herren Berliner, die haben nie für etwas Zeit. Aber diesmal werden Sie sich schon Zeit nehmen müssen, denn das sind nicht drei oder fünf Stücke, das sind siebenundzwanzig Mappen, jede für einen anderen Meister, und keine davon halbleer. Also um drei Uhr; aber pünktlich sein, wir werden sonst nicht fertig.'

Wieder streckte er mir die Hand ins Leere entgegen. 'Passen Sie auf, Sie dürfen sich freuen – oder ärgern. Und je mehr Sie sich ärgern, desto mehr freue ich mich. So sind wir Sammler ja schon: alles für uns selbst und nichts für die andern!' Und nochmals schüttelte er mir kräftig die Hand.

Das alte Frauchen begleitete mich zur Tür. Ich hatte ihr schon die ganze Zeit eine gewisse Unbehaglichkeit angemerkt, einen Ausdruck verlegener Ängstlichkeit. Nun aber, schon knapp am Ausgang, stotterte sie mit einer ganz niedergedrückten Stimme: 'Dürfte Sie ... dürfte Sie ... meine Tochter Annemarie abholen, ehe Sie zu uns kommen? ... Es ist besser ... aus mehreren Gründen ... Sie speisen doch wohl im Hotel?'

'Gewiss, ich werde mich freuen, es wird mir ein Vergnügen sein', sagte ich.

Und tatsächlich, eine Stunde später, als ich in der kleinen Gaststube des Hotels am Marktplatz die Mittagsmahlzeit gerade beendet hatte, trat ein ältliches Mädchen, einfach gekleidet, mit suchendem Blick ein. Ich ging auf sie zu, stellte mich vor und erklärte mich bereit, gleich mitzugehen, um die Sammlung zu besichtigen. Aber mit einem plötzlichen Erröten und der gleichen wirren Verlegenheit, die ihre Mutter gezeigt hatte, bat sie mich, ob sie nicht zuvor noch einige Worte mit mir sprechen könnte. Und ich sah sofort, es wurde ihr schwer. Immer, wenn sie sich einen Ruck gab und zu sprechen versuchte, stieg diese unruhige, diese flatternde Röte ihr bis zur Stirn empor, und die Hand verbastelte sich im Kleid. Endlich begann sie, stockend und immer wieder von neuem verwirrt:

'Meine Mutter hat mich zu Ihnen geschickt ... Sie hat mir alles erzählt, und ... wir haben eine große Bitte an Sie ... Wir möchten Sie nämlich informieren, ehe Sie zu Vater kommen ... Vater wird Ihnen natürlich seine Sammlung zeigen wollen, und die Sammlung ... die Sammlung ... ist nicht mehr ganz vollständig ... es fehlen eine Reihe Stücke daraus ... leider sogar ziemlich viele ...'

Wieder musste sie Atem holen, dann sah sie mich plötzlich an und sagte hastig:

'Ich muss ganz aufrichtig zu Ihnen reden ... Sie kennen die Zeit, Sie werden alles verstehen ... Vater ist nach dem Ausbruch des Krieges vollkommen erblindet. Schon vorher war seine Sehkraft öfters gestört, die Aufregung hat ihn dann gänzlich des Lichtes beraubt – er wollte nämlich durchaus, trotz seinen sechsundsiebzig Jahren, noch nach Frankreich mit, und als die Armee nicht gleich wie 1870 vorwärts kam, da hat er sich entsetzlich aufgeregt, und da ging es furchtbar rasch abwärts mit seiner Sehkraft, Sonst ist er ja noch vollkommen rüstig, er konnte bis vor kurzem noch stundenlang gehen, sogar auf seine geliebte Jagd. Jetzt ist es aber mit seinen Spaziergängen aus, und da blieb ihm als einzige Freude die Sammlung, die sieht er sich jeden Tag an ... das heißt, er sieht sie ja nicht, er sieht ja nichts mehr, aber er holt sich doch jeden Nachmittag alle Mappen hervor, um wenigstens die Stücke anzutasten, eins nach dem andern, in der immer gleichen Reihenfolge, die er seit Jahrzehnten auswendig kennt ... Nichts anderes interessiert ihn heute mehr, und ich muss ihm immer aus der Zeitung vorlesen von allen Versteigerungen, und je höhere Preise er hört, desto glücklicher ist er ... denn ... das ist ja das Furchtbare, Vater versteht nichts mehr von den Preisen und von der Zeit ... er weiß nicht, dass wir alles verloren haben und dass man von seiner Pension nicht mehr zwei Tage im Monat leben kann ... Dazu kam noch, dass der Mann meiner Schwester gefallen ist und sie mit vier kleinen Kindern zurückblieb ... Doch Vater weiß nichts von allen unseren materiellen Schwierigkeiten. Zuerst haben wir gespart, noch mehr gespart als früher, aber das half nichts. Dann begannen wir zu verkaufen – wir rührten natürlich nicht an seine geliebte Sammlung ... Man verkaufte das bisschen Schmuck, das man hatte, doch, mein Gott, was war das, hatte doch Vater seit sechzig Jahren jeden Pfennig, den er erübrigen konnte, einzig für seine Blätter ausgegeben. Und eines Tages war nichts mehr da ... wir wussten nicht weiter ... und da ... da ... haben Mutter und ich ein Stück verkauft. Vater hätte es nie erlaubt, er weiß ja nicht, wie schlecht es geht, er ahnt nicht, wie schwer es ist, im Schleichhandel das bisschen Nahrung aufzutreiben, er weiß auch nicht, dass wir den Krieg verloren haben und dass Elsass und Lothringen abgetreten sind, wir lesen ihm aus der Zeitung alle diese Dinge nicht mehr vor, damit er sich nicht aufregt.

Es war ein sehr kostbares Stück, das wir verkauften, eine Rembrandt-Radierung. Der Händler bot uns viele, viele tausend Mark dafür, und wir hofften, damit auf Jahre versorgt zu sein. Aber Sie wissen ja, wie das Geld einschmilzt ... Wir hatten den ganzen Rest auf die Bank gelegt, doch nach zwei Monaten war alles weg. So mussten wir noch ein Stück verkaufen und noch eins, und der Händler sandte das Geld immer so spät, dass es schon entwertet war. Dann versuchten wir es bei Auktionen, aber auch da betrog man uns trotz den Millionenpreisen … Bis die Millionen zu uns kamen, waren sie immer schon wertloses Papier. So ist allmählich das Beste seiner Sammlung bis auf ein paar gute Stücke weggewandert, nur um das nackte, kärglichste Leben zu fristen, und Vater ahnt nichts davon.

Deshalb erschrak auch meine Mutter so, als Sie heute kamen … denn wenn er Ihnen die Mappen aufmacht, so ist alles verraten … wir haben ihm nämlich in die alten Passepartouts, deren jedes er beim Anfühlen kennt, Nachdrucke oder ähnliche Blätter statt der verkauften eingelegt, so dass er nichts merkt, wenn er sie antastet. Und wenn er sie nur antasten und nachzählen kann (er hat die Reihenfolge genau in Erinnerung), so hat er genau dieselbe Freude, wie wenn er sie früher mit seinen offenen Augen sah. Sonst ist ja niemand in diesem kleinen Städtchen, den Vater je für würdig gehalten hätte, ihm seine Schätze zu zeigen … und er liebt jedes einzelne Blatt mit einer so fanatischen Liebe, ich glaube, das Herz würde ihm brechen, wenn er ahnte, dass alles das unter seinen Händen längst weggewandert ist. Sie sind der erste in all diesen Jahren, seit der frühere Vorstand des Dresdner Kupferstichkabinetts tot ist, dem er seine Mappen zu zeigen meint. Darum bitte ich Sie …'

Und plötzlich hob das alternde Mädchen die Hände auf, und ihre Augen schimmerten feucht.

'… bitten wir Sie … machen Sie ihn nicht unglücklich … nicht uns unglücklich … zerstören Sie ihm nicht diese letzte Illusion, helfen Sie uns, ihn glauben zu machen, dass alle diese Blätter, die er Ihnen beschreiben wird, noch vorhanden sind ... er würde es nicht überleben, wenn er es nur mutmaßte. Vielleicht haben wir ein Unrecht an ihm getan, aber wir konnten nicht anders: man musste leben ... und Menschenleben, vier verwaiste Kinder, wie die meiner Schwester, sind doch wichtiger als bedruckte Blätter ... Bis zum heutigen Tage haben wir ihm ja auch keine Freude genommen damit; er ist glücklich, jeden Nachmittag drei Stunden seine Mappen durchblättern zu dürfen, mit jedem Stück wie mit einem Menschen zu sprechen. Und heute ... heute wäre vielleicht sein glücklichster Tag, wartet er doch seit Jahren darauf, einmal einem Kenner seine Lieblinge zeigen zu dürfen; bitte ... ich bitte Sie mit aufgehobenen Händen, zerstören Sie ihm diese Freude nicht!'

Das war alles so erschütternd gesagt, wie es mein Nacherzählen gar nicht ausdrücken kann. Mein Gott, als Händler hat man ja viele dieser niederträchtig ausgeplünderten, von der Inflation hundsföttisch betrogenen Menschen gesehen, denen kostbarster jahrhundertealter Familienbesitz um ein Butterbrot weggegaunert war – aber hier schuf das Schicksal ein Besonderes, das mich besonders ergriff. Selbstverständlich versprach ich ihr, zu schweigen und mein Bestes zu tun.

Wir gingen nun zusammen hin – unterwegs erfuhr ich noch voll Erbitterung, mit welchen Kinkerlitzchen von Beträgen man diese armen, unwissenden Frauen betrogen hatte, aber das festigte nur meinen Entschluss, ihnen bis zum Letzten zu helfen. Wir gingen die Treppe hinauf, und kaum dass wir die Türe aufklinkten, hörten wir von der Stube drinnen schon die freudig-polternde Stimme des alten Mannes: 'Herein! Herein!' Mit der Feinhörigkeit eines Blinden musste er unsere Schritte schon von der Treppe vernommen haben.

'Herwarth hat heute gar nicht schlafen können vor Ungeduld, Ihnen seine Schätze zu zeigen', sagte lächelnd das alte Mütterchen. Ein einziger Blick ihrer Tochter hatte sie bereits über mein Einverständnis beruhigt. Auf dem Tische lagen ausgebreitet und wartend die Stöße der Mappen, und kaum dass der Blinde meine Hand fühlte, fasste er schon ohne weitere Begrüßung meinen Arm und drückte mich auf den Sessel.

'So, und jetzt wollen wir gleich anfangen – es ist viel zu sehen, und die Herren aus Berlin haben ja niemals Zeit. Diese erste Mappe da ist Meister Dürer und, wie Sie sich überzeugen werden, ziemlich komplett – dabei ein Exemplar schöner als das andere. Na, Sie werden ja selber urteilen, da sehen Sie einmal!' Er schlug das erste Blatt der Mappe auf. 'Das große Pferd.'

Und nun entnahm er mit jener zärtlichen Vorsicht, wie man sonst etwas Zerbrechliches berührt, mit ganz behutsam anfassenden schonenden Fingerspitzen der Mappe ein Passepartout, in dem ein leeres vergilbtes Papierblatt eingerahmt lag, und hielt den wertlosen Wisch begeistert vor sich hin. Er sah es an, minutenlang, ohne doch wirklich zu sehen, aber er hielt ekstatisch das leere Blatt mit ausgespreizter Hand in Augenhöhe, sein ganzes Gesicht drückte magisch die angespannte Geste eines Schauenden aus. Und in seine Augen, die starren mit ihren toten Sternen, kam mit einem Mal – schuf dies der Reflex des Papiers oder ein Glanz von innen her? – eine spiegelnde Helligkeit, ein wissendes Licht.

'Nun', sagte er stolz, 'haben Sie schon jemals einen schöneren Abzug gesehen? Wie scharf, wie klar da jedes Detail herauswächst – ich habe das Blatt verglichen mit dem Dresdner Exemplar, aber das wirkte ganz flau und stumpf dagegen. Und dazu das Pedigree! Da' – und er wandte das Blatt um und zeigte mit dem Fingernagel auf der Rückseite haargenau auf einzelne Stellen des leeren Blattes, so dass ich unwillkürlich hinsah, ob die Zeichen nicht doch noch da waren –, 'da haben Sie den Stempel der Sammlung Nagler, hier den von Remy und Esdaile; die haben auch nicht geahnt, diese illustren Vorbesitzer, dass ihr Blatt einmal hierher in die kleine Stube käme.'

Mir lief es kalt über den Rücken, als der Ahnungslose ein vollkommen leeres Blatt so begeistert rühmte, und es war gespenstisch mitanzusehen, wie er mit dem Fingernagel bis zum Millimeter genau auf alle die nur in seiner Phantasie noch vorhandenen unsichtbaren Sammlerzeichen hindeutete. Mir war die Kehle vor Grauen zugeschnürt, ich wusste nichts zu antworten; aber als ich verwirrt zu den beiden aufsah, begegnete ich wieder den flehentlich aufgehobenen Händen der zitternden und aufgeregten Frau. Da fasste ich mich und begann mit meiner Rolle.

'Unerhört!' stammelte ich endlich heraus. 'Ein herrlicher Abzug.' Und sofort erstrahlte sein ganzes Gesicht vor Stolz. 'Das ist aber noch gar nichts', triumphierte er, 'da müssen Sie erst die „Melancholia" sehen oder da die „Passion", ein illuminiertes Exemplar, wie es kaum ein zweites Mal vorkommt in gleicher Qualität. Da sehen Sie nur' – und wieder strichen zärtlich seine Finger über eine imaginäre Darstellung hin – 'diese Frische, dieser körnige, warme Ton. Da würde Berlin kopfstehen mit allen seinen Herren Händlern und Museumsdoktoren.'

Und so ging dieser rauschende, redende Triumph weiter, zwei ganze geschlagene Stunden lang. Nein, ich kann es Ihnen nicht schildern, wie gespenstisch das war, mit ihm diese hundert oder zweihundert leeren Papierfetzen oder schäbigen Reproduktionen anzusehen, die aber in der Erinnerung dieses tragisch Ahnungslosen so unerhört wirklich waren, dass er ohne Irrtum in fehlerloser Aufeinanderfolge jedes einzelne mit den präzisesten Details rühmte und beschrieb: die unsichtbare Sammlung, die längst in alle Winde zerstreut sein musste, sie war für diesen Blinden, für diesen rührend betrogenen Menschen noch unverstellt da, und die Leidenschaft seiner Vision so überwältigend, dass beinahe auch ich schon an sie zu glauben begann. Nur einmal unterbrach schreckhaft die Gefahr eines Erwachens die somnambule Sicherheit seiner schauenden Begeisterung: Er hatte bei der Rembrandtschen 'Antiope' (einem Probeabzug, der tatsächlich einen unermesslichen Wert gehabt haben musste) wieder die Schärfe des Druckes gerühmt, und dabei war sein nervös hellsichtiger Finger, liebevoll nachzeichnend, die Linie des Eindruckes nachgefahren, ohne dass aber die geschärften Tastnerven jene Vertiefung auf dem fremden Blatte fanden. Da ging es plötzlich wie ein Schatten über seine Stirn hin, die Stimme verwirrte sich. 'Das ist doch ... das ist doch die „Antiope"?' murmelte er, ein wenig verlegen, worauf ich mich sofort ankurbelte, ihm eilig das gerahmte Blatt aus den Händen nahm und die auch mir gegenwärtige Radierung in allen möglichen Einzelheiten begeistert beschrieb. Da entspannte sich das verlegen gewordene Gesicht des Blinden wieder. Und je mehr ich rühmte, desto mehr glühte in diesem knorrigen, vermorschten Manne eine joviale Herzlichkeit, eine biederheitere Innigkeit auf. 'Da ist einmal einer, der etwas versteht', jubelte er, triumphierend zu den Seinen hingewandt. 'Endlich, endlich einmal einer, von dem auch ihr hört, was meine Blätter da wert sind. Da habt ihr mich immer misstrauisch gescholten, weil ich alles Geld in meine Sammlung gesteckt: Es ist ja wahr, in sechzig Jahren kein Bier, kein Wein, kein Tabak, keine Reise, kein Theater, kein Buch, nur immer gespart und gespart für diese Blätter. Aber ihr werdet einmal sehen, wenn ich nicht mehr da bin – dann seid ihr reich, reicher als alle in der Stadt, und so reich wie die Reichsten in Dresden, dann werdet ihr meiner Narrheit noch einmal froh sein. Doch solange ich lebe, kommt kein einziges Blatt aus dem Haus – erst müssen sie mich hinaustragen, dann erst meine Sammlung.'

Und dabei strich seine Hand zärtlich, wie über etwas Lebendiges, über die längst geleerten Mappen – es war grauenhaft und doch gleichzeitig rührend für mich, denn in all den Jahren des Krieges hatte ich nicht einen so vollkommenen, so reinen Ausdruck von Seligkeit auf einem deutschen Gesichte gesehen. Neben ihm standen die Frauen, geheimnisvoll ähnlich den weiblichen Gestalten auf jener Radierung des deutschen Meisters, die, gekommen, um das Grab des Heilands zu besuchen, vor dem erbrochenen, leeren Gewölbe mit einem Ausdruck fürchtigen Schreckens und zugleich gläubiger, wunderfreudiger Ekstase stehen. Wie dort auf jenem Bilde die Jüngerinnen von der himmlischen Ahnung des Heilands, so waren diese beiden alternden, zermürbten, armseligen Kleinbürgerinnen angestrahlt von der kindlich-seligen Freude des Greises, halb in Lachen, halb in Tränen, ein Anblick, wie ich ihn nie ähnlich erschütternd erlebt. Aber der alte Mann konnte nicht satt werden an meinem Lob, immer wieder häufte und wendete er die Blätter, durstig jedes Wort eintrinkend: So war es für mich eine Erholung, als endlich die lügnerischen Mappen zur Seite geschoben wurden und er widerstrebend den Tisch freigeben musste für den Kaffee. Doch was war dies mein schuldbewusstes Aufatmen gegen die aufgeschwellte, tumultuöse Freudigkeit, gegen den Übermut des wie um dreißig Jahre verjüngten Mannes! Er erzählte tausend Anekdoten von seinen Käufen und Fischzügen, tappte, jede Hilfe abweisend, immer wieder auf, um noch und noch ein Blatt herauszuholen: Wie von Wein war er übermütig und trunken. Als ich aber endlich sagte, ich müsse Abschied nehmen, erschrak er geradezu, tat verdrossen wie ein eigensinniges Kind und stampfte trotzig mit dem Fusse auf, das ginge nicht an, ich hätte kaum die Hälfte gesehen. Und die Frauen hatten harte Not, seinem starrsinnigen Unmut begreiflich zu machen, dass er mich nicht länger zurückhalten dürfe, weil ich sonst meinen Zug versäume.

Als er sich endlich nach verzweifeltem Widerstand gefügt hatte und es an den Abschied ging, wurde seine Stimme ganz weich. Er nahm meine beiden Hände, und seine Finger strichen liebkosend mit der ganzen Ausdrucksfähigkeit eines Blinden an ihnen entlang bis zu den Gelenken, als wollten sie mehr von mir wissen und mir mehr Liebe sagen, als es Worte vermochten. 'Sie haben mir eine große, große Freude gemacht mit Ihrem Besuch', begann er mit einer von innen her aufgewühlten Erschütterung, die ich nie vergessen werde. 'Das war mir eine wirkliche Wohltat, endlich, endlich, endlich einmal wieder mit einem Kenner meine geliebten Blätter durchsehen zu können. Doch Sie sollen sehen, dass Sie nicht vergebens zu mir altem, blindem Manne gekommen sind. Ich verspreche Ihnen hier vor meiner Frau als Zeugin, dass ich in meine Verfügungen noch eine Klausel einsetzen will, die Ihrem altbewährten Hause die Auktion meiner Sammlung überträgt. Sie sollen die Ehre haben, diesen unbekannten Schatz' – und dabei legte er die Hand liebevoll auf die ausgeraubten Mappen – 'verwalten zu dürfen bis an den Tag, da er sich in die Welt zerstreut. Versprechen Sie mir nur, einen schönen Katalog zu machen: Er soll mein Grabstein sein, ich brauche keinen besseren.'

Ich sah auf Frau und Tochter, sie hielten sich eng zusammen, und manchmal lief ein Zittern hinüber von einer zur andern, als wären sie ein einziger Körper, der da bebte in einmütiger Erschütterung. Mir selbst war es ganz feierlich zumute, da mir der rührend Ahnungslose seine unsichtbare, längst zerstobene Sammlung wie eine Kostbarkeit zur Verwaltung zuteilte. Ergriffen versprach ich ihm, was ich niemals erfüllen konnte; wieder ging ein Leuchten in den toten Augensternen auf, ich spürte, wie seine Sehnsucht von innen suchte, mich leibhaftig zu fühlen: Ich spürte es an der Zärtlichkeit, an dem liebenden Anpressen seiner Finger, die die meinen hielten in Dank und Gelöbnis.

Die Frauen begleiteten mich zur Türe. Sie wagten nicht zu sprechen, weil seine Feinhörigkeit jedes Wort erlauscht hätte, aber wie heiß in Tränen, wie strömend voll Dankbarkeit strahlten ihre Blicke mich an! Ganz betäubt tastete ich mich die Treppe hinunter. Eigentlich schämte ich mich: Da war ich wie der Engel des Märchens in eine Armeleutestube getreten, hatte einen Blinden sehend gemacht für eine Stunde nur dadurch, dass ich einem frommen Betrug Helferdienst bot und unverschämt log, ich, der in Wahrheit doch als ein schäbiger Krämer gekommen war, um ein paar kostbare Stücke listig abzujagen. Was ich aber mitnahm, war mehr: Ich hatte wieder einmal reine Begeisterung lebendig spüren dürfen in dumpfer, freudloser Zeit, eine Art geistig durchleuchteter, ganz auf die Kunst gewandter Ekstase, wie sie unsere Menschen längst verlernt zu haben scheinen. Und mir war – ich kann es nicht anders sagen – ehrfürchtig zumute, obgleich ich mich noch immer schämte, ohne eigentlich zu wissen, warum.

Schon stand ich unten auf der Straße, da klirrte oben ein Fenster, und ich hörte meinen Namen rufen: Wirklich, der alte Mann hatte es sich nicht nehmen lassen, mit seinen blinden Augen mir in der Richtung nachzusehen, in der er mich vermutete. Er beugte sich so weit vor, dass die beiden Frauen ihn vorsorglich stützen mussten, schwenkte sein Taschentuch und rief: 'Reisen Sie gut!' mit der heiteren, aufgefrischten Stimme eines Knaben. Unvergesslich war mir der Anblick: dies frohe Gesicht des weißhaarigen Greises da oben im Fenster, hoch schwebend über all den mürrischen, gehetzten, geschäftigen Menschen der Straße, sanft aufgehoben aus unserer wirklichen widerlichen Welt von der weißen Wolke eines gütigen Wahns. Und ich musste wieder an das alte wahre Wort denken – ich glaube, Goethe hat es gesagt –: 'Sammler sind glückliche Menschen.'"

Buchmendel

Wieder einmal in Wien und heimkehrend von einem Besuch, in den äußeren Bezirken, geriet ich unvermutet in einen Regenguss, der mit nasser Peitsche die Menschen hurtig in Haustore und Unterstände jagte, und auch ich selbst suchte schleunig nach einem schützenden Obdach. Glücklicherweise wartet nun in Wien an jeder Ecke ein Kaffeehaus – so flüchtete ich in das gerade gegenüberliegende, mit schon tropfendem Hut und arg durchnässten Schultern. Es erwies sich von innen als Vorstadtcafé hergebrachter, fast schematischer Art, ohne die neumodischen Attrappen der Deutschland nachgeahmten innerstädtischen Musikdielen, altwienerisch bürgerlich und vollgefüllt mit kleinen Leuten, die mehr Zeitungen konsumierten als Gebäck. Jetzt um die Abendstunde war zwar die ohnehin schon stickige Luft mit blauen Rauchkringeln dick marmoriert, dennoch wirkte dies Kaffeehaus sauber mit seinen sichtlich neuen Samtsofas und seiner aluminiumhellen Zahlkasse: In der Eile hatte ich mir gar nicht die Mühe genommen, seinen Namen außen abzulesen, wozu auch? – Und nun saß ich warm und blickte ungeduldig durch die blauüberflossenen Scheiben, wann es dem lästigen Regen belieben würde, sich ein paar Kilometer weiter zu verziehen.

Unbeschäftigt saß ich also da und begann schon jener trägen Passivität zu verfallen, die narkotisch jedem wirklichen Wiener Kaffeehaus unsichtbar entströmt. Aus diesem leeren Gefühl blickte ich mir einzeln die Leute an, denen das künstliche Licht dieses Rauchraums ein ungesundes Grau um die Augen schattete, schaute dem Fräulein an der Kasse zu, wie sie mechanisch Zucker und Löffel für jede Kaffeetasse dem Kellner austeilte, las halbwach und unbewusst die höchst gleichgültigen Plakate an den Wänden, und diese Art Verdumpfung tat beinahe wohl. Aber plötzlich ward ich auf merkwürdige Weise aus meiner Halbschläferei gerissen, eine innere Bewegung begann unbestimmt unruhig in mir, so wie ein kleiner Zahnschmerz beginnt, von dem man noch nicht weiß, ob er von links, von rechts, vom untern oder oberen Kiefer seinen Ausgang nimmt; nur ein dumpfes Spannen fühlte ich, eine geistige Unruhe. Denn plötzlich – ich hätte es nicht sagen können, wodurch – wurde mir bewusst, hier musste ich schon einmal vor Jahren gewesen und durch irgendeine Erinnerung diesen Wänden, diesen Stühlen, diesen Tischen, diesem fremden, rauchigen Raum verbunden sein.

Aber je mehr ich den Willen vortrieb, diese Erinnerung zu fassen, desto boshafter und glitschiger wich sie zurück – wie eine Qualle ungewiss leuchtend auf dem untersten Grund des Bewusstseins und doch nicht zu greifen, nicht zu packen. Vergeblich klammerte ich den Blick an jeden Gegenstand der Einrichtung; gewiss, manches kannte ich nicht, wie die Kasse zum Beispiel mit ihrem klirrenden Zahlungsautomaten und nicht diesen braunen Wandbelag aus falschem Palisanderholz, alles das musste erst später aufmontiert worden sein. Aber doch, aber doch, hier war ich einmal gewesen vor zwanzig Jahren und länger, hier haftete, im Unsichtbaren versteckt wie der Nagel im Holz, etwas von meinem eigenen, längst überwachsenen Ich. Gewaltsam streckte und stieß ich alle meine Sinne vor in den Raum und gleichzeitig in mich hinein – und doch, verdammt, ich konnte sie nicht erreichen, diese verschollene, in mir selbst ertrunkene Erinnerung.

Ich ärgerte mich, wie man sich immer ärgert, wenn irgendein Versagen einen die Unzulänglichkeit und Unvollkommenheit der geistigen Kräfte gewahr werden lässt. Aber ich gab die Hoffnung nicht auf, diese Erinnerung doch noch zu erreichen. Nur einen winzigen Haken, das wusste ich, musste ich in die Hand kriegen, denn mein Gedächtnis ist sonderbar geartet, gut und schlecht zugleich, einerseits trotzig und eigenwillig, aber dann wieder unbeschreiblich getreu. Es schluckt das Wichtigste sowohl an Geschehnissen als auch an Gesichtern, an Gelesenem wie an Erlebtem oft völlig hinab in seine Dunkelheiten und gibt nichts aus dieser Unterwelt ohne Zwang, bloß auf den Anruf des Willens heraus. Aber nur den flüchtigsten Halt muss ich fassen, eine Ansichtskarte, ein paar Schriftzüge auf einem Briefkuvert, ein verräuchertes Zeitungsblatt, und sofort zuckt das Vergessene wie an der Angel der Fisch aus der dunkel strömenden Fläche völlig leibhaft und sinnlich wieder hervor. Jede Einzelheit weiß ich dann eines Menschen, seinen Mund und im Mund wieder die Zahnlücke links bei seinem Lachen, und den brüchigen Tonfall dieses Lachens und wie dabei der Schnurrbart ins Zucken kommt und wie ein anderes, neues Antlitz heraustaucht aus diesem Lachen – alles das sehe ich dann sofort in völliger Vision und weiß auf Jahre zurück jedes Wort, das dieser Mensch mir jemals erzählte. Immer aber bedarf ich, um Vergangenes sinnlich zu sehen und zu fühlen, eines sinnlichen Anreizes, eines winzigen Helfers aus der Wirklichkeit. So schloss ich die Augen, um angestrengter nachdenken zu können, um jenen geheimnisvollen Angelhaken zu formen und zu fassen. Aber nichts! Abermals nichts! Verschüttet und vergessen! Und ich erbitterte mich derart über den schlechten, eigenwilligen Gedächtnisapparat zwischen meinen Schläfen, dass ich mit den Fäusten mir die Stirne hätte schlagen können, so wie man einen verdorbenen Automaten anrüttelt, der widerrechtlich das Geforderte zurückbehält. Nein, ich konnte nicht länger ruhig sitzen bleiben, so erregte mich dieses innere Versagen, und ich stand vor lauter Ärger auf, mir Luft zu machen. Aber sonderbar – kaum dass ich die ersten Schritte durch das Lokal getan, da begann es schon, flirrend und funkelnd, dieses erste phosphoreszierende Dämmern in mir. Rechts von der Zahlkasse, erinnerte ich mich, musste es hinübergehen in einen fensterlosen und nur von künstlichem Licht erhellten Raum. Und tatsächlich: es stimmte. Da war es, anders tapeziert als damals, aber doch genau in den Proportionen, dies in seinen Konturen verschwimmende rechteckige Hinterzimmer, das Spielzimmer. Instinktiv sah ich mich um nach den einzelnen Gegenständen, mit schon freudig vibrierenden Nerven (gleich würde ich alles wissen, fühlte ich). Zwei Billarde lungerten als grüne lautlose Schlammteiche darin, in den Ecken hockten Spieltische, an deren einem zwei Hofräte oder Professoren Schach spielten. Und in der Ecke, knapp beim eisernen Ofen, dort, wo man zur

Telefonzelle ging, stand ein kleiner viereckiger Tisch. Und da blitzte es mich plötzlich durch und durch. Ich wusste sofort, sofort, mit einem einzigen heißen, beglückt erschütterten Ruck: Mein Gott, das war ja Mendels Platz, Jakob Mendels, Buchmendels, und ich war nach zwanzig Jahren wieder in sein Hauptquartier, in das Café Gluck in der oberen Alserstraße, geraten. Jakob Mendel, wie hatte ich ihn vergessen können, so unbegreiflich lange, diesen sonderbarsten Menschen und sagenhaften Mann, dieses abseitige Weltwunder, berühmt an der Universität und in einem engen, ehrfürchtigen Kreis – wie ihn aus der Erinnerung verlieren, ihn, den Magier und Makler der Bücher, der hier täglich unentwegt saß von morgens bis abends, ein Wahrzeichen des Wissens, Ruhm und Ehre des Café Gluck!

Und nur diese eine Sekunde lang musste ich den Blick nach innen wenden hinter die Lider, und auf stieg schon aus dem bildnerisch erhellten Blut seine unverkennbare, plastische Gestalt. Ich sah ihn sofort leibhaftig, wie er dort immer saß an dem viereckigen Tischchen mit der grauschmutzigen Marmorplatte, der allzeit mit Büchern und Schriften überhäuften. Wie er dort unentwegt und unerschütterlich saß, den bebrillten Blick hypnotisch starr auf ein Buch geheftet, wie er dort saß und im Lesen summend und brummend seinen Körper und die schlechtpolierte, fleckige Glatze vor- und zurückschaukelte, eine Gewohnheit, mitgebracht aus dem Cheder, der jüdischen Kleinkinderschule des Ostens. Hier an diesem Tisch und nur an ihm las er seine Kataloge und Bücher, so wie man ihn das Lesen in der Talmudschule gelehrt, leise singend und sich schwingend, eine schwarze, schaukelnde Wiege. Denn wie ein Kind in Schlaf fällt und der Welt entsinkt durch dieses rhythmisch hypnotische Auf und Nieder, so geht nach der Meinung jener Frommen auch der Geist leichter ein in die Gnade der Versenkung dank diesem Sichschwingen des müßigen Leibes. Und tatsächlich, dieser Jakob Mendel sah und hörte nichts von allem um sich her. Neben ihm lärmten und krakeelten die Billardspieler, liefen die Marköre, rasselte das Telefon; man scheuerte den Boden, man heizte den Ofen, er merkte nichts davon. Einmal war eine glühende Kohle aus dem Ofen gefallen, schon brenzelte und qualmte zwei Schritte von ihm das Parkett, da erst, am infernalischen Gestank, bemerkte ein Gast die Gefahr und stürzte zu, hastig das Qualmen zu löschen: Er selbst aber, Jakob Mendel, nur zwei Zoll weit und schon angebeizt vom Rauch, er hatte nichts wahrgenommen. Denn er las, wie andere beten, wie Spieler spielen und Trunkene betäubt ins Leere starren, er las mit einer so rührenden Versunkenheit, dass alles Lesen von anderen Menschen mir seither immer profan erschien. In diesem kleinen galizischen Büchertrödler Jakob Mendel hatte ich zum ersten Mal als junger Mensch das große Geheimnis der restlosen Konzentration gesehen, das den Künstler macht wie den Gelehrten, den wahrhaft Weisen wie den vollkommen Irrwitzigen, dieses tragische Glück und Unglück vollkommener Besessenheit.

Hingeführt zu ihm hatte mich ein älterer Kollege von der Universität. Ich forschte damals dem selbst heute noch nur wenig erkannten paracelsischen Arzt und Magnetiseur Mesmer nach, allerdings mit wenig Glück; denn die einschlägigen Werke erwiesen sich als unzulänglich, und der Bibliothekar, den ich argloser Neuling um Auskunft gebeten, murrte mich unfreundlich an, Literaturnachweise seien meine Sache, nicht die seine. Damals nannte mir nun jener Kollege zum ersten Mal seinen Namen. „Ich geh mit dir zu Mendel", versprach er mir, „der weiß alles und verschafft alles, der holt dir das entlegenste Buch aus dem vergessensten deutschen Antiquariat heran. Der tüchtigste Mann in Wien und überdies noch ein Original, ein vorweltlicher Bücher-Saurier aussterbender Rasse."

So gingen wir zu zweit ins Café Gluck, und siehe, da saß er, Buchmendel, bebrillt, bartumschludert, schwarz angetan, und wiegte sich lesend wie ein dunkler Busch im Wind. Wir traten heran, er merkte es nicht. Er saß nur und las und wiegte den Oberkörper pagodenhaft hin und zurück über den Tisch, und hinter ihm pendelte am Haken sein brüchiger schwarzer Paletot, gleichfalls breit angestopft mit Zeitschriften und Zettelwerk. Um uns anzukündigen, hustete mein Freund kräftig. Aber Mendel, die dicke Brille hart ans Buch gedrückt, merkte noch nichts. Endlich klopfte mein Freund auf die Tischplatte, genauso laut und kräftig, wie man an eine Tür pocht – da starrte Mendel endlich auf, schob die ungefüge stahlgeränderte Brille mechanisch rasch die Stirn empor, und unter den weggesträubten aschgrauen Brauen stachen uns zwei merkwürdige Augen entgegen, kleine, schwarze, wache Augen, flink, spitz und flippend wie eine Schlangenzunge. Mein Freund präsentierte mich, und ich erläuterte mein Anliegen, wobei ich zuerst – diese List hatte mein Freund ausdrücklich anempfohlen – mich scheinzornig über den Bibliothekar beklagte, der mir keine Auskunft hatte geben wollen. Mendel lehnte sich zurück und spuckte sorgfältig aus. Dann lachte er nur kurz mit stark östlichem Jargon: „Nicht gewollt hat er? Nein – nicht gekonnt hat er! Ein Parch is er, ein geschlagener Esel mit graue Haar. Ich kenn ihn, Gott sei's geklagt, zu gutem schon zwanzig Jahr, aber gelernt hat er seitdem noch immer nix. Gehalt einstecken, dos is das einzige, was die können! Ziegelsteine sollten sie lieber schupfen, diese Herrn Doktors, statt bei die Bücher sitzen."

Mit dieser kräftigen Herzentladung war das Eis gebrochen, und eine gutmütige Handbewegung lud mich zum ersten Mal an den viereckigen, mit Notizen überschmierten Marmortisch, diesen mir noch unbekannten Altar bibliophiler Offenbarungen. Ich erklärte rasch meine Wünsche: die zeitgenössischen Werke über Magnetismus sowie alle späteren Bücher und Polemiken für und gegen Mesmer; sobald ich fertig war, kniff Mendel eine Sekunde das linke Auge zusammen, genau wie ein Schütze vor dem Schuss. Aber wahrhaftig, nur eine Sekunde dauerte diese Geste konzentrierter Aufmerksamkeit, dann zählte er sofort, wie aus einem unsichtbaren Katalog lesend, zwei oder drei Dutzend Bücher fließend auf, jedes mit Verlagsort, Jahreszahl und ungefährem Preis. Ich war verblüfft. Obwohl vorbereitet, dies hatte ich nicht erwartet. Aber meine Verdutztheit schien ihm wohlzutun; denn sofort spielte er auf der Klaviatur seines Gedächtnisses die wunderbarsten bibliothekarischen Paraphrasen meines Themas weiter. Ob ich auch über die Somnambulisten etwas wissen wolle und über die ersten Versuche mit Hypnose und über Gassner, die Teufelsbeschwörungen und die Christian Science und die

Blavatsky? Wieder prasselten die Namen, die Titel, die Beschreibungen; jetzt erst begriff ich, an ein wie einzigartiges Wunder von Gedächtnis ich bei Jakob Mendel geraten war, tatsächlich an ein Lexikon, an einen Universalkatalog auf zwei Beinen. Ganz benommen starrte ich dieses bibliographische Phänomen an, eingespult in die unansehnliche, sogar etwas schmierige Hülle eines galizischen kleinen Buchtrödlers, der, nachdem er mir etwa achtzig Namen heruntergerasselt, scheinbar achtlos, aber innerlich wohlgefällig über seinen ausgespielten Trumpf, sich die Brille mit einem vormals vielleicht weiß gewesenen Taschentuch putzte. Um mein Staunen ein wenig zu bemänteln, fragte ich zaghaft, welche von diesen Büchern er mir allenfalls besorgen könne. „Nu, man wird ja sehen, was sich machen lässt", brummte er. „Kommen Sie nur morgen wieder her, der Mendel wird Ihnen inzwischen schon eppes auftreiben, und was sich nicht findet, werd ich anderswo finden. Wenn einer Sechel hat, hat er auch Glück." Ich dankte höflich und stolperte aus lauter Höflichkeit sofort in eine dicke Dummheit hinein, indem ich vorschlug, ihm meine gewünschten Buchtitel auf einen Zettel zu notieren. Im gleichen Augenblick spürte ich schon einen warnenden Ellbogenstoß meines Freundes. Aber zu spät! Schon hatte mir Mendel einen Blick zugeworfen – welch einen Blick! –, einen gleichzeitig triumphierenden und beleidigten, einen höhnischen und überlegenen, einen geradezu königlichen Blick, den shakespearischen Blick Macbeths, wenn Macduff dem unbesiegbaren Helden zumutet, sich kampflos zu ergeben. Dann lachte er abermals kurz, der große Adamsapfel an seiner Kehle kollerte merkwürdig hin und her, anscheinend hatte er ein grobes Wort mühsam verschluckt. Und er wäre im Recht gewesen mit jeder erdenklichen Grobheit, der gute, brave Buchmendel; denn nur ein Fremder, ein Ahnungsloser (ein „Amhorez", wie er sagte) konnte eine derart beleidigende Zumutung stellen, ihm, Jakob Mendel, ihm, Jakob Mendel, einen Buchtitel aufzunotieren wie einem Buchhandlungslehrling oder Bibliotheksdiener, als ob dieses unvergleichliche, dieses diamantene Buchgehirn solch grober Hilfsmittel jemals bedurft hätte. Erst später begriff ich, wie sehr ich sein abseitiges Genie mit diesem höflichen Angebot gekränkt haben musste; denn dieser kleine, zerdrückte, ganz in seinen Bart eingewickelte und überdies bucklige galizische Jude Jakob Mendel war ein Titan des Gedächtnisses. Hinter dieser kalkigen, schmutzigen, von grauem Moos überwucherten Stirn stand in der unsichtbaren Geisterschrift jeder Name und Titel wie mit Stahlguss eingestanzt, der je auf einem Titelblatt eines Buches gedruckt war. Er wusste von jedem Werk, dem gestern erschienenen wie von einem zweihundert Jahre alten, auf den ersten Hieb genau den Erscheinungsort, den Verfasser, den Preis, neu und antiquarisch, und erinnerte sich bei jedem Buch mit fehlerloser Vision zugleich an Einband und Illustrationen und Faksimilebeigaben, er sah jedes Werk, ob er es selbst in den Händen gehabt oder nur von fern in einer Auslage oder Bibliothek einmal erspäht hatte, mit der gleichen optischen Deutlichkeit wie der schaffende Künstler sein inneres und der andern Welt noch unsichtbares Gebilde. Er erinnerte sich, wenn etwa ein Buch im Katalog eines Regensburger Antiquariats um sechs Mark angeboten wurde, sofort, dass ebendasselbe in einem anderen Exemplar vor zwei Jahren in einer Wiener Auktion um vier Kronen zu haben gewesen war, und zugleich auch des Erstehers; nein: Jakob Mendel vergaß nie einen Titel, eine Zahl, er kannte jede Pflanze, jedes Infusorium, jeden Stern in dem ewig schwingenden und ständig umgerüttelten Kosmos des Bücherweltalls. Er wusste in jedem Fach mehr als die Fachleute, er beherrschte die Bibliotheken besser als die Bibliothekare, er kannte die Lager der meisten Firmen auswendig besser als ihre Besitzer, trotz ihren Zetteln und Kartotheken, indes ihm nichts zu Gebote stand als Magie des Erinnerns, als dies unvergleichliche, dies nur an hundert einzelnen Beispielen wahrhaft zu explizierende Gedächtnis. Freilich, dieses Gedächtnis hatte nur so dämonisch unfehlbar sich schulen und gestalten können durch das ewige Geheimnis jeder Vollendung: durch Konzentration. Außerhalb der Bücher wusste dieser merkwürdige Mensch nichts von der Welt; denn alle Phänomene des Daseins begannen für ihn erst wirklich zu werden, wenn sie in Lettern sich umgossen, wenn sie in einem Buch sich gesammelt und gleichsam sterilisiert hatten. Aber auch diese Bücher selbst las er nicht auf ihren Sinn, auf ihren geistigen und erzählerischen Gehalt: Nur ihr Name, ihr Preis, ihre Erscheinungsform, ihr erstes Titelblatt zog seine Leidenschaft an. Unproduktiv und unschöpferisch im letzten, bloß ein hunderttausendstelliges Verzeichnis von Titeln und Namen, in die weiche Gehirnrinde eines Säugetieres eingestempelt, statt wie sonst in einen Buchkatalog geschrieben, war dies spezifisch antiquarische Gedächtnis Jakob Mendels jedoch in seiner einmaligen Vollendung als Phänomen nicht geringer als jenes Napoleons für Physiognomien, Mezzofantis für Sprachen, eines Lasker für Schachanfänge, eines Busoni für Musik. Eingesetzt in ein Seminar, an eine öffentliche Stelle, hätte das Gehirn Tausende, Hunderttausende von Studenten und Gelehrten belehrt und erstaunt, fruchtbar für die Wissenschaften, ein unvergleichlicher Gewinn für jene öffentlichen Schatzkammern, die wir Bibliotheken nennen. Aber diese obere Welt war ihm, dem kleinen, ungebildeten galizischen Buchtrödler, der nicht viel mehr als seine Talmudschule bewältigt, für ewig verschlossen; so vermochten diese phantastischen Fähigkeiten sich nur als Geheimwissenschaft auszuwirken an jenem Marmortisch des Café Gluck. Doch wenn einmal der große Psychologe kommt (dies Werk fehlt noch immer unserer geistigen Welt), der so beharrlich und geduldig, wie Buffon die Abarten der Tiere ordnete und klassierte, seinerseits alle Spielarten, Spezies und Urformen der magischen Macht, die wir Gedächtnis nennen, vereinzelt schildert und in ihren Varianten darlegt, dann müsste er Jakob Mendels gedenken, dieses Genies der Preise und Titel, dieses namenlosen Meisters der antiquarischen Wissenschaft.

Dem Berufe nach und für die Unwissenden galt Jakob Mendel freilich nur als kleiner Buchschacherer. Allsonntags erschienen in der „Neuen Freien Presse" und im „Neuen Wiener Tagblatt" dieselben stereotypen Anzeigen: „Kaufe alte Bücher, zahle beste Preise, komme sofort, Mendel, obere AlserStraße", und dann eine Telefonnummer, die in Wirklichkeit jene des Café Gluck war. Er stöberte Lager durch, schleppte mit einem alten kaiserbärtigen Dienstmann allwöchentlich neue Beute in sein

Hauptquartier und von dort wieder weg, denn für einen ordnungsgemäßen Buchhandel fehlte ihm die Konzession. So blieb es beim kleinen Schacher, bei einer wenig einträglichen Tätigkeit. Studenten verkauften ihm ihre Lehrbücher, durch seine Hände wanderten sie vom älteren Jahrgang zum jeweils jüngeren, außerdem vermittelte und besorgte er jedes gesuchte Werk mit geringem Zuschlag. Bei ihm war guter Rat billig. Aber das Geld hatte keinen Raum innerhalb seiner Welt; denn nie hatte man ihn anders gesehen als im gleichen abgeschabten Rock, früh, nachmittags und abends seine Milch verzehrend und zwei Brote, mittags eine Kleinigkeit essend, die man ihm vom Gasthaus herüberholte. Er rauchte nicht, er spielte nicht, ja man darf sagen, er lebte nicht, nur die beiden Augen lebten hinter der Brille und fütterten jenes rätselhafte Wesen Gehirn unablässig mit Worten, Titeln und Namen. Und die weiche, fruchtbare Masse sog diese Fülle gierig in sich ein wie eine Wiese die tausend und aber tausend Tropfen eines Regens. Die Menschen interessierten ihn nicht, und von allen menschlichen Leidenschaften kannte er vielleicht nur die eine, freilich allermenschlichste, die Eitelkeit. Wenn jemand zu ihm um eine Auskunft kam, an hundert andern Stellen schon müde gesucht, und er konnte auf den ersten Hieb ihm Bescheid geben, dies allein wirkte auf ihn als Genugtuung, als Lust, und vielleicht noch dies, dass in Wien und auswärts ein paar Dutzend Menschen lebten, die seine Kenntnisse ehrten und brauchten. In jedem dieser ungefügen Millionenkonglomerate, die wir Großstadt nennen, sind immer an wenigen Punkten einige kleine Facetten eingesprengt, die ein und dasselbe Weltall auf kleinwinziger Fläche spiegeln, unsichtbar für die meisten, kostbar bloß dem Kenner, dem Bruder in der Leidenschaft. Und diese Kenner der Bücher kannten alle Jakob Mendel. So wie man, wenn man über ein Musikblatt Rat holen wollte, zu Eusebius Mandyczewski in die Gesellschaft der Musikfreunde ging, der dort mit grauem Käppchen freundlich inmitten seiner Akten und Noten saß und mit dem ersten aufschauenden Blick die schwierigsten Probleme lächelnd löste, so wie heute noch jeder, der über Altwiener Theater und Kultur Aufschluss braucht, unfehlbar sich an den allwissenden Vater Glossy wendet, so pilgerten mit der gleichen vertrauenden Selbstverständlichkeit die paar strenggläubigen Wiener Bibliophilen, sobald es eine besonders harte Nuss zu knacken gab, ins Café Gluck zu Jakob Mendel. Bei einer solchen Konsultation Mendel zuzusehen, bereitete mir jungem neugierigem Menschen eine Wollust besonderer Art. Während er sonst, wenn man ihm ein minderes Buch vorlegte, den Deckel verächtlich zuklappte und nur murrte: „Zwei Kronen", rückte er vor irgendeiner Rarität oder einem Unikum respektvoll zurück, legte ein Papierblatt unter, und man sah, dass er sich auf einmal seiner schmutzigen, tintigen, schwarznägeligen Finger schämte. Dann begann er zärtlich-vorsichtig, mit einer ungeheuren Hochachtung das Rarum anzublättern, Seite für Seite. Niemand konnte ihn in einer solchen Sekunde stören, so wenig wie einen wirklich Gläubigen im Gebet, und tatsächlich hatte dies Anschauen, Berühren, Beriechen und Abwägen, hatte jede dieser Einzelhandlungen etwas, von dem Zeremoniell, von der kultisch geregelten Aufeinanderfolge eines religiösen Aktes. Der krumme Rücken schob sich hin und her, dabei murrte und knurrte er, kratzte sich im Haar, stieß merkwürdige vokalische Urlaute aus, ein gedehntes, fast erschrockenes „Ah" und „Oh" hingerissener Bewunderung und dann wieder ein rapid erschrecktes „Oi" oder „Oiweh", wenn sich eine Seite als fehlend oder ein Blatt als vom Holzwurm zerfressen erwies. Schließlich wog er die Schwarte respektvoll auf der Hand, beschnüffelte und beroch das ungefügige Quadrat mit halbgeschlossenen Augen nicht minder ergriffen als ein sentimentalisches Mädchen eine Tuberose. Während dieser etwas umständlichen Prozedur musste selbstredend der Besitzer seine Geduld zusammenhalten. Nach beendetem Examen aber gab Mendel bereitwillig, ja geradezu begeistert, jede Auskunft, an die sich unfehlbar weitspurige Anekdoten und dramatische Preisberichte von ähnlichen Exemplaren anschlossen. Er schien heller, jünger, lebendiger zu werden in solchen Sekunden, und nur eines konnte ihn maßlos erbittern: wenn etwa ein Neuling ihm für diese Schätzung Geld anbieten wollte. Dann wich er gekränkt zurück wie etwa ein Galeriehofrat, dem ein durchreisender Amerikaner für seine Erklärung ein Trinkgeld in die Hand drücken will; denn ein kostbares Buch in der Hand haben zu dürfen bedeutete für Mendel, was für einen andern die Begegnung mit einer Frau. Diese Augenblicke waren seine platonischen Liebesnächte. Nur das Buch, niemals Geld hatte über ihn Macht. Vergebens versuchten darum große Sammler, darunter auch der Gründer der Universität in Princeton, ihn für ihre Bibliothek als Berater und Einkäufer zu gewinnen – Jakob Mendel lehnte ab; er war nicht anders zu denken als im Café Gluck. Vor dreiunddreißig Jahren, mit noch weichem, schwarzflaumigem Bart und geringelten Stirnlocken, war er, ein kleines schiefes Jüngel, aus dem Osten nach Wien gekommen, um Rabbinat zu studieren; aber bald hatte er den harten Eingott Jehova verlassen, um sich der funkelnden und tausendfältigen Vielgötterei der Bücher zu ergeben. Damals hatte er zuerst ins Café Gluck gefunden, und allmählich wurde es seine Werkstatt, sein Hauptquartier, sein Postamt, seine Welt. Wie ein Astronom einsam auf seiner Sternwarte durch den winzigen Rundspalt des Teleskops allnächtlich die Myriaden Sterne betrachtet, ihre geheimnisvollen Gänge, ihr wandelndes Durcheinander, ihr Verlöschen und Sichwiederentzünden, so blickte Jakob Mendel durch seine Brille von diesem viereckigen Tisch in das andere Universum der Bücher, das gleichfalls ewig kreisende und sich um gebärende, in diese Welt über unserer Welt.

Selbstverständlich war er hoch angesehen im Café Gluck, dessen Ruhm sich für uns mehr an sein unsichtbares Katheder knüpfte als an die Patenschaft des hohen Musikers, des Schöpfers der „Alceste" und der „Iphigenia": Christoph Willibald Gluck. Er gehörte dort ebenso zum Inventar wie die alte Kirschholzkasse, wie die beiden arg geflickten Billarde, der kupferne Kaffeekessel, und sein Tisch wurde gehütet wie ein Heiligtum. Denn seine zahlreichen Kundschaften und Auskundschafter wurden von dem Personal jedes Mal freundlich zu irgendeiner Bestellung gedrängt, so dass der größere Gewinnteil seiner Wissenschaft eigentlich dem Oberkellner Deubler in die breite, hüftwärts getragene Ledertasche floss. Dafür genoss Buchmendel vielfache Privilegien. Das Telefon stand ihm frei, man hob ihm seine Briefe auf und besorgte alle Bestellungen; die alte, brave Toilettenfrau bürstete ihm den Mantel, nähte Knöpfe an und trug ihm jede Woche ein kleines Bündel zur Wäsche. Ihm allein durfte aus dem nachbarlichen Gasthaus ein Mittagsmahl geholt werden, und jeden Morgen kam der Herr Standhartner, der Besitzer, in persona an seinen Tisch und begrüßte ihn (freilich meist, ohne dass Jakob Mendel, in seine Bücher vertieft, diesen Gruß bemerkte). Punkt halb acht Uhr morgens trat er ein, und erst wenn man die Lichter auslöschte, verließ er das Lokal. Zu den andern Gästen sprach er nie, er las keine Zeitung, bemerkte keine Veränderung, und als der Herr Standhartner ihn einmal höflich fragte, ob er bei dem elektrischen Licht nicht besser lese als früher bei dem fahlen, zuckenden Schein der Auerlampen, starrte er verwundert zu den Glühbirnen auf: Diese Veränderung war trotz dem Lärm und Gehämmer einer mehrtägigen Installation vollkommen an ihm vorbeigegangen. Nur durch die zwei runden Löcher der Brille, durch diese beiden blitzenden und saugenden Linsen filterten sich die Milliarden schwarzer Infusorien der Lettern in sein Gehirn, alles andere Geschehen strömte als leerer Lärm an ihm vorbei. Eigentlich hatte er mehr als dreißig Jahre, als den ganzen wachen Teil seines Lebens, einzig hier an diesem viereckigen Tisch lesend, vergleichend, kalkulierend verbracht, in einem unablässig fortgesetzten, nur vom Schlaf unterbrochenen Dauertraum.

Deshalb überkam mich eine Art Schrecken, als ich den orakelspendenden Marmortisch Jakob Mendels leer wie eine Grabplatte in diesem Raum dämmern sah. Jetzt erst, älter geworden, verstand ich, wie viel mit jedem solchen Menschen verschwindet, erstlich weil alles Einmalige von Tag zu Tag kostbarer wird in unserer rettungslos einförmiger werdenden Welt. Und dann: der junge, unerfahrene Mensch in mir hatte aus einer tiefen Ahnung diesen Jakob Mendel sehr liebgehabt. Und doch, ich hatte vergessen können – allerdings in den Jahren des Krieges und in einer der seinen ähnlichen Hingabe an das eigene Werk. Jetzt aber, vor diesem leeren Tische, fühlte ich eine Art Scham vor ihm und eine erneuerte Neugier zugleich.

Denn wo war er hin, was war mit ihm geschehen? Ich rief den Kellner und fragte. Nein, einen Herrn Mendel, bedaure, den kenne er nicht, ein Herr dieses Namens verkehre nicht im Café. Aber vielleicht wisse der Oberkellner Bescheid. Dieser schob seinen Spitzbauch schwerfällig heran, zögerte, dachte nach, nein, auch ihm sei ein Herr Mendel nicht bekannt. Aber ob ich vielleicht den Herrn Mandl meine, den Herrn Mandl vom Kurzwarengeschäft in der Floriangasse? Ein bitterer Geschmack kam mir auf die Lippen, Geschmack von Vergänglichkeit: Wozu lebt man, wenn der Wind hinter unserm Schuh schon die letzte Spur von uns wegträgt? Dreißig Jahre, vierzig vielleicht, hatte ein Mensch in diesen paar Quadratmetern Raum geatmet, gelesen, gedacht, gesprochen, und bloß drei Jahre, vier Jahre mussten hingehen, ein neuer Pharao kommen, und man wusste nichts mehr von Joseph, man wusste im Café Gluck nichts mehr von Jakob Mendel, dem Buchmendel! Beinahe zornig fragte ich den Oberkellner, ob ich nicht Herrn Standhartner sprechen könne oder ob nicht sonst wer im Hause sei vom alten Personal. Oh, der Herr Standhartner, o mein Gott, der habe längst das Café verkauft, der sei gestorben, und der alte Oberkellner, der lebe jetzt auf seinem Gütel bei Krems. Nein, niemand sei mehr da ... oder doch! Ja doch – die Frau Sporschil sei noch da, die Toilettenfrau (vulgo Schokoladefrau). Aber die könne sich gewiss nicht mehr an die einzelnen Gäste erinnern. Ich dachte gleich: einen Jakob Mendel vergisst man nicht, und ließ sie mir kommen.

Sie kam, die Frau Sporschil, weißhaarig, zerrauft, mit ein wenig wassersüchtigen Schritten aus ihren hintergründigen Gemächern und rieb sich noch hastig die roten Hände mit einem Tuch: Offenbar hatte sie gerade ihr trübes Gelass gefegt oder Fenster geputzt. An ihrer unsicheren Art merkte ich sofort: Ihr war's unbehaglich, so plötzlich nach vorn unter die großen Glühbirnen in den noblen Teil des Cafés gerufen zu werden. So sah sie mich zunächst misstrauisch an, mit einem Blick von unten herauf, einem sehr vorsichtig geduckten Blick. Was konnte ich Gutes von ihr wollen? Aber kaum dass ich nach Jakob Mendel fragte, starrte sie mich mit vollen, geradezu strömenden Augen an, die Schultern fuhren ihr ruckhaft auf. „Mein Gott, der arme Herr Mendel, dass an den noch jemand denkt! Ja, der arme Herr Mendel!" – fast weinte sie, so gerührt war sie, wie alte Leute es immer werden, wenn man sie an ihre Jugend, an irgendeine gute vergessene Gemeinsamkeit erinnert. Ich fragte, ob er noch lebe. „O mein Gott, der arme Herr Mendel, fünf oder sechs Jahre, nein, sieben Jahre muss der schon tot sein. So a lieber, guter Mensch, und wenn ich denk, wie lang ich ihn kennt hab, mehr als fünfundzwanzig Jahr, er war doch schon da, wie ich eintreten bin. Und eine Schand war's, wie man ihn hat sterben lassen." Sie wurde immer aufgeregter, fragte, ob ich ein Verwandter sei. Es hätte sich ja nie jemand um ihn gekümmert, nie jemand nach ihm erkundigt – und ob ich denn nicht wisse, was mit ihm passiert sei.

Nein, ich wüsste nichts, versicherte ich; sie solle mir erzählen, alles erzählen. Die gute Person tat scheu und geniert und wischte immer wieder an ihren nassen Händen. Ich begriff: Ihr war es peinlich, als Toilettenfrau mit ihrer schmutzigen Schürze und ihren zerstrubbelten weißen Haaren hier mitten im Kaffeehausraum zu stehen, außerdem blickte sie immer ängstlich nach rechts und links, ob nicht einer der Kellner zuhöre. So schlug ich ihr vor, wir wollten hinein in das Spielzimmer, an Mendels alten Platz: Dort solle sie mir alles berichten. Gerührt nickte sie mir zu, dankbar, dass ich sie verstand, und ging voraus, die alte, schon ein wenig schwankende Frau, und ich hinter ihr. Die beiden Kellner staunten uns nach, sie spürten da einen Zusammenhang, und auch einige Gäste verwunderten sich über uns ungleiches Paar. Und drüben an seinem Tisch erzählte sie mir (manche Einzelheit ergänzte mir später anderer Bericht) von Jakob Mendels, von Buchmendels Untergang.

Ja also, er sei, so erzählte sie, auch nachher noch, als der Krieg schon begonnen, immer noch gekommen, Tag um Tag um halb acht Uhr früh, und genauso sei er gesessen und habe er den ganzen Tag studiert wie immer, ja, sie hätten alle das Gefühl gehabt und oft darüber geredet, ihm sei's gar nicht zum Bewusstsein gekommen, dass Krieg sei. Ich wisse doch, in eine Zeitung habe er nie geschaut und nie mit wem andern gesprochen; aber auch wenn die Ausrufer ihren Mordslärm mit den Extrablättern machten und alle andern zusammenliefen, nie sei er da aufgestanden oder hätte zugehört. Er habe auch gar nicht gemerkt, dass der Franz fehle, der Kellner (der bei Gorlice gefallen sei), und nicht gewusst, dass sie den Sohn von Herrn Standhartner bei Przemysl gefangen hatten, und nie kein Wort habe er gesagt, wie das Brot immer miserabler geworden ist und man ihm statt der Milch das elende Feigenkaffeegschlader hat geben müssen. Nur einmal habe er sich gewundert, dass jetzt so wenig Studenten kämen, das war alles. – „Mein Gott, der arme Mensch, den hat doch nichts gefreut und gekümmert als seine Bücher."

Aber dann eines Tages, da sei das Unglück geschehen. Um elf Uhr vormittags, am helllichten Tag, sei ein Wachmann gekommen mit einem Geheimpolizisten, der hätte die Rosette gezeigt am Knopfloch und gefragt, ob hier ein Jakob Mendel verkehre. Dann wären sie gleich an den Tisch gegangen zum Mendel, und der hätte ahnungslos noch geglaubt, sie wollten Bücher verkaufen oder ihn was fragen. Aber gleich hätten sie ihn aufgefordert, mitzukommen, und ihn weggeführt. Eine rechte Schande sei es für das Kaffeehaus gewesen, alle Leute hätten sich herumgestellt um den alten Herrn Mendel, wie er dagestanden ist zwischen den beiden, die Brille unterm Haar, und hin und her geschaut hat von einem zum andern und nicht recht gewusst, was sie eigentlich von ihm wollten. Sie aber habe stante pede dem Gendarmen gesagt, das müsse ein Irrtum sein, ein Mann wie Herr Mendel könne keiner Fliege was tun; aber da habe der Geheimpolizist sie gleich angeschrien, sie solle sich nicht in Amtshandlungen einmischen. Und dann hätten sie ihn weggeführt, und er sei lange nicht mehr gekommen, zwei Jahre lang. Noch heute wisse sie nicht recht, was die damals von ihm gewollt hätten. „Aber ich leist ein Jurament", sagte sie erregt, die alte Frau, „der Herr Mendel kann nichts Unrechtes getan haben. Die haben sich geirrt, da leg ich meine Hand ins Feuer. Es war ein Verbrechen an dem armen, unschuldigen Menschen, ein Verbrechen!"

Und sie hatte recht, die gute, rührende Frau Sporschil. Unser Freund Jakob Mendel hatte wahrhaftig nichts Unrechtes begangen, sondern nur (erst später erfuhr ich alle Einzelheiten) eine rasende, eine rührende, eine selbst in jenen irrwitzigen Zeiten ganz unwahrscheinliche Dummheit, erklärbar bloß aus der vollkommenen Versunkenheit, aus der Mondfernheit seiner einmaligen Erscheinung. Folgendes hatte sich ereignet: Auf dem militärischen Zensuramt, das verpflichtet war, jede Korrespondenz mit dem Ausland zu überwachen, war eines Tages eine Postkarte abgefangen worden, geschrieben und unterschrieben von einem gewissen Jakob Mendel, ordnungsgemäß nach dem Ausland frankiert, aber – unglaublicher Fall – in das feindliche Ausland gerichtet, eine Postkarte an Jean Labourdaire, Buchhändler, Paris, Quai de Grenelle, adressiert, in der ein gewisser Jakob Mendel sich beschwerte, die letzten acht Nummern des monatlichen „Bulletin bibliographique de la France" trotz vorausgezahltem Jahresabonnement nicht erhalten zu haben. Der eingestellte untere Zensurbeamte, ein Gymnasialprofessor, in Privatneigung Romanist, dem man einen blauen Landsturmrock umgestülpt hatte, staunte, als ihm dieses Schriftstück in die Hände kam. Ein dummer Spaß, dachte er. Unter den zweitausend

Briefen, die er allwöchentlich auf dubiose Mitteilungen und spionageverdächtige Wendungen durchstöberte und durchleuchtete, war ihm ein so absurdes Faktum noch nie unter die Finger gekommen, dass jemand aus Österreich einen Brief nach Frankreich ganz sorglos adressierte, also ganz gemütlich eine Karte in das kriegführende Ausland so einfach in den Postkasten warf, als ob diese Grenzen seit 1914 nicht umnäht wären mit Stacheldraht und an jedem von Gott geschaffenen Tage Frankreich, Deutschland, Österreich und Russland ihre männliche Einwohnerzahl gegenseitig um ein paar tausend Menschen kürzten. Zunächst legte er deshalb die Postkarte als Kuriosum in seine Schreibtischlade, ohne von dieser Absurdität weitere Meldung zu erstatten. Aber nach einigen Wochen kam abermals eine Karte desselben Jakob Mendel an einen Bookseller John Aldridge, London, Holborn Square, ob er ihm nicht die letzten Nummern des „Antiquarian" besorgen könnte, und abermals war sie unterfertigt von ebendemselben merkwürdigen Individuum Jakob Mendel, das mit rührender Naivität seine volle Adresse beschrieb. Nun wurde es dem in die Uniform eingenähten Gymnasialprofessor doch ein wenig eng unter dem Rock. Steckte am Ende irgendein rätselhafter chiffrierter Sinn hinter diesem vertölpelten Spaß? Jedenfalls, er stand auf, klappte die Hacken zusammen und legte dem Major die beiden Karten auf den Tisch. Der zog beide Schultern hoch: sonderbarer Fall! Zunächst avisierte er die Polizei, sie solle ausforschen, ob es diesen Jakob Mendel tatsächlich gäbe, und eine Stunde später war Jakob Mendel bereits dingfest gemacht und wurde, noch ganz taumelig von der Überraschung, vor den Major geführt. Der legte ihm die mysteriösen Postkarten vor, ob er sich als Absender erkenne. Erregt durch den strengen Ton und vor allem, weil man ihn bei der Lektüre eines wichtigen Katalogs aufgestöbert hatte, polterte Mendel beinahe grob, natürlich habe er diese Karten geschrieben. Man habe wohl noch das Recht, ein Abonnement für sein bezahltes Geld zu reklamieren. Der Major drehte sich im Sessel schief hinüber zu dem Leutnant am Nebentisch. Die beiden blinzelten sich einverständlich an: ein gebrannter Narr! Dann überlegte der Major, ob er den Einfaltspinsel nur scharf anbrummen und wegjagen sollte oder den Fall ernst aufziehen. In solchen unschlüssigen Verlegenheiten entschließt man sich bei jedem Amt fast immer, zunächst ein Protokoll aufzunehmen. Ein Protokoll ist immer gut. Nützt es nichts, so schadet es nichts, und nur ein sinnloser Papierbogen mehr unter Millionen ist vollgeschrieben.

In diesem Falle aber schadete es leider einem armen, ahnungslosen Menschen, denn schon bei der dritten Frage kam etwas sehr Verhängnisvolles zutage. Man forderte zuerst seinen Namen: Jakob, recte Jainkeff Mendel. Beruf: Hausierer (er besaß nämlich keine Buchhändlerlizenz, nur einen Hausierschein). Die dritte Frage wurde zur Katastrophe: der Geburtsort. Jakob Mendel nannte einen kleinen Ort bei Petrikau. Der Major zog die Brauen hoch. Petrikau, lag das nicht in Russisch-Polen, nahe der Grenze! Verdächtig! Sehr verdächtig! So inquirierte er nun strenger, wann er die österreichische Staatsbürgerschaft erworben habe. Mendels Brille starrte ihn dunkel und verwundert an: Er verstand nicht recht. Zum Teufel, ob und wo er seine Papiere habe, seine Dokumente? Er habe keine andern als den Hausierschein. Der Major schob die Stirnfalten immer höher. Also wie es mit seiner Staatsbürgerschaft stehe, solle er endlich einmal erklären. Was sein Vater gewesen sei, ob Österreicher oder Russe? Seelenruhig erwiderte Jakob Mendel: natürlich Russe. Und er selbst? Ach, er hätte sich schon vor dreiunddreißig Jahren über die russische Grenze geschmuggelt, seither lebe er in Wien. Der Major wurde immer unruhiger. Wann er hier das österreichische Staatsbürgerrecht erworben habe? Wozu? fragte Mendel. Er habe sich um solche Sachen nie gekümmert. So sei er also noch russischer Staatsbürger? Und Mendel, den diese öde Fragerei innerlich längst langweilte, antwortete gleichgültig: „Eigentlich ja."

Der Major warf sich so brüsk erschrocken zurück, dass der Sessel knackte. Das gab es also! In Wien, in der Hauptstadt Österreichs, ging mitten im Krieg, Ende 1915, nach Tarnow und der großen Offensive ein Russe unbehelligt spazieren, schrieb Briefe nach Frankreich und England, und die Polizei kümmerte sich um nichts. Und da wundern sich die Dummköpfe in den Zeitungen, dass Conrad von Hötzendorf nicht gleich nach Warschau vorwärts gekommen ist, da staunen sie im Generalstab, wenn jede Truppenbewegung durch Spione nach Russland weitergemeldet wird. Auch der Leutnant war aufgestanden und stellte sich an den Tisch: Das Gespräch schaltete sich scharf um zum Verhör. Warum er sich nicht sofort gemeldet habe als Ausländer? Mendel, noch immer arglos, antwortete in seinem singenden jüdischen Jargon: „Wozu hart ich mich melden sollen auf einmal?" In dieser umgedrehten Frage erblickte der Major eine

Herausforderung und fragte drohend, ob er nicht die Ankündigungen gelesen habe. Nein! Ob er etwa keine Zeitungen lese. Nein!

Die beiden starrten den vor Unsicherheit schon leicht schwitzenden Jakob Mendel an, als sei der Mond mitten in ihr Bürozimmer gefallen. Dann rasselte das Telefon, knackten die Schreibmaschinen, liefen die Ordonnanzen, und Jakob Mendel wurde dem Garnisonsgefängnis überantwortet, um mit dem nächsten Schub in ein Konzentrationslager abgeführt zu werden. Als man ihm bedeutete, den beiden Soldaten zu folgen, starrte er ungewiss. Er verstand nicht, was man von ihm wollte, aber eigentlich hatte er keinerlei Sorge. Was konnte der Mann mit dem goldenen Kragen und der groben Stimme schließlich Böses mit ihm vorhaben? In seiner oberen Welt der Bücher gab es keinen Krieg, kein Nichtverstehen, sondern nur das ewige Wissen und Nochmehrwissenwollen von Zahlen und Worten, von Titeln und Namen. So trollte er gutmütig zwischen den beiden Soldaten die Treppe hinunter. Erst als man ihm auf der Polizei alle Bücher aus den Manteltaschen nahm und die Brieftasche abforderte, in der er hundert wichtige Zettel und Kundenadressen stecken hatte, da erst begann er wütend um sich zu schlagen. Man musste ihn bändigen. Aber dabei klirrte leider seine Brille zu Boden, und dies sein magisches Teleskop in die geistige Welt brach in mehrere Stücke. Zwei Tage später expedierte man ihn im dünnen Sommerrock in ein Konzentrationslager russischer Zivilgefangener bei Komorn.

Was Jakob Mendel in diesen zwei Jahren Konzentrationslager an seelischer Schrecknis erfahren, ohne Bücher, seine geliebten Bücher, ohne Geld, inmitten der gleichgültigen, groben, meist analphabetischen Gefährten dieses riesigen Menschenkotters, was er dort leidend erlebte, von seiner oberen und einzigen Bücherwelt abgetrennt wie ein Adler mit zerschnittenen Schwingen von seinem ätherischen Element – hierüber fehlt jede Zeugenschaft. Aber allmählich weiß schon die von ihrer Tollheit ernüchterte Welt, dass von allen Grausamkeiten und verbrecherischen Übergriffen dieses Krieges keine sinnloser, überflüssiger und darum moralisch unentschuldbarer gewesen als das Zusammenfangen und Einhürden hinter Stacheldraht von ahnungslosen, längst dem Dienstalter entwachsenen Zivilpersonen, die viele Jahre in dem fremden Lande als in einer Heimat gewohnt und aus Treugläubigkeit an das selbst bei Tungusen und Araukanern geheiligte Gastrecht versäumt hatten, rechtzeitig zu fliehen – ein Verbrechen an der Zivilisation, gleich sinnlos begangen in Frankreich, Deutschland und England, auf jeder Scholle unseres irrwitzig gewordenen Europa. Und vielleicht wäre Jakob Mendel wie hundert andere Unschuldige in dieser Hürde dem Wahnsinn verfallen oder an Ruhr, an Entkräftung, an seelischer Zerrüttung erbärmlich zugrunde gegangen, hätte nicht knapp rechtzeitig ein Zufall, ein echt österreichischer, ihn noch einmal in seine Welt zurückgeholt. Es waren nämlich mehrmals nach seinem Verschwinden an seine Adresse Briefe von vornehmen Kunden gekommen; der Graf Schönberg, der ehemalige Statthalter von Steiermark, fanatischer Sammler heraldischer Werke, der frühere Dekan der Theologischen Fakultät Siegenfeld, der an einem Kommentar des Augustinus arbeitete, der achtzigjährige pensionierte Flottenadmiral Edler von Pisek, der noch immer an seinen Erinnerungen herumbesserte – sie alle, seine treuen Klienten, hatten wiederholt an Jakob Mendel ins Café Gluck geschrieben, und von diesen Briefen wurden dem Verschollenen einige in das Konzentrationslager nachgeschickt. Dort fielen sie dem zufällig gutgesinnten Hauptmann in die Hände, und der erstaunte, was für vornehme Bekanntschaften dieser kleine, halbblinde schmutzige Jude habe, der, seit man ihm seine Brille zerschlagen (er hatte kein Geld, sich eine neue zu verschaffen), wie ein Maulwurf, grau, augenlos und stumm in einer Ecke hockte. Wer solche Freunde besaß, musste immerhin etwas Besonderes sein. So erlaubte er Mendel, diese Briefe zu beantworten und seine Gönner um Fürsprache zu bitten. Die blieb nicht aus. Mit der leidenschaftlichen Solidarität aller Sammler kurbelten die Exzellenz sowie der Dekan ihre Verbindungen kräftig an, und ihre vereinte Bürgschaft erreichte, dass Buchmendel im Jahre 1917 nach mehr als zweijähriger Konfinierung wieder nach Wien zurück durfte, freilich unter der Bedingung, sich täglich bei der Polizei zu melden. Aber doch, er durfte wieder in die freie Welt, in seinen alten, kleinen, engen Mansardenraum, er konnte wieder an seinen geliebten Bücherauslagen vorbei und vor allem zurück in sein Café Gluck.

Diese Rückkehr Mendels aus seiner höllischen Unterwelt in das Café Gluck konnte mir die brave Frau Sporschil aus eigener Erfahrung schildern. „Eines Tages – Jessas, Marand Joseph, ich glaub, ich trau meine Augen nicht –, da schiebt sich die Tür auf, Sie wissen ja, in der gewissen schiefen Art, nur grad einen Spalt weit, wie er immer hereingekommen ist, und schon stolpert er ins Café, der arme Herr Mendel. Einen zerschundenen Militärmantel voller Stopfen hat er angehabt und irgendwas am Kopf, was vielleicht einmal ein Hut war, ein weggeworfener. Keinen Kragen hat er angehabt, und wie der Tod hat er ausgschaut, grau im Gesicht und grau das Haar, und so mager, dass es einen derbarmt hat. Aber er kommt herein, grad, als ob nix gwesen war, er fragt nix, er sagt nix, geht hin zu dem Tisch da und zieht den Mantel aus, aber nicht wie früher so fix und leicht, sondern schwer schnaufen müssen hat er dabei. Und kein Buch hat er mitghabt wie sonst – er setzt sich nur hin und sagt nix, und tut nur hinstarren vor sich mit ganz leere, ausgelaufene Augen. Erst nach und nach, wie wir ihm dann den ganzen Pack bracht haben von die Schriften, die was für ihn kommen waren aus Deutschland, da hat er wieder angfangen zu lesen. Aber er war nicht derselbige mehr."

Nein, er war nicht derselbe, nicht das Miraculum mundi mehr, die magische Registratur aller Bücher: Alle, die ihn damals sahen, haben mir wehmütig das gleiche berichtet. Irgendetwas schien rettungslos zerstört in seinem sonst stillen, nur wie schlafend lesenden Blick; etwas war zertrümmert: Der grauenhafte Blutkomet musste in seinem rasenden Lauf schmetternd hineingeschlagen haben auch in den abseitigen, friedlichen, in diesen alkyonischen Stern seiner Bücherwelt. Seine Augen, jahrzehntelang gewöhnt an die zarten, lautlosen, insektenfüßigen Lettern der Schrift, sie mussten Furchtbares gesehen haben in jener stacheldrahtumspannten Menschenhürde, denn die Lider schatteten schwer über den einst so flinken und ironisch funkelnden Pupillen, schläfrig und rotrandig dämmerten die vordem so lebhaften Blicke unter der reparierten, mit dünnem Bindfaden mühsam zusammengebundenen Brille. Und furchtbarer noch: In dem phantastischen Kunstbau seines Gedächtnisses muss irgendein Pfeiler eingestürzt und das ganze Gefüge in Unordnung geraten sein; denn so zart ist ja unser Gehirn, dies aus subtilster Substanz gestaltete Schaltwerk, dies feinmechanische Präzisionsinstrument unseres Wissens zusammengestimmt, dass ein gestautes Äderchen, ein erschütterter Nerv, eine ermüdete Zelle, dass ein solches verschobenes Molekül schon zureicht, um die herrlich umfassendste, die sphärische Harmonie in Verstimmung zu bringen. Und in Mendels Gedächtnis, dieser einzigen Klaviatur des Wissens, stockten bei seiner Rückkunft die Tasten. Wenn ab und zu jemand um Auskunft kam, starrte er ihn erschöpft an und verstand nicht mehr genau, er verhörte sich und vergaß, was man ihm sagte – Mendel war nicht mehr Mendel, wie die Welt nicht mehr die Welt war. Nicht mehr wiegte ihn völlige Versunkenheit beim Lesen auf und nieder, sondern meist saß er starr, die Brille nur mechanisch gegen das Buch gewandt, ohne dass man wusste, ob er las oder nur vor sich hin dämmerte. Mehrmals fiel ihm, so erzählte die Sporschil, der Kopf schwer nieder auf das Buch, und er schlief ein am hellichten Tag, manchmal starrte er wieder stundenlang in das fremde stinkende Licht der Azetylenlampe, die man ihm in jener Zeit der Kohlennot auf den Tisch gestellt. Nein, Mendel war nicht mehr Mendel, nicht mehr ein Wunder der Welt, sondern ein müd atmender, nutzloser Pack Bart und Kleider, sinnlos auf dem einst pythischen Sessel hingelastet, nicht mehr der Ruhm des Café Gluck, sondern eine Schande, ein Schmierfleck, übelriechend, widrig anzusehen, ein unbequemer, unnötiger Schmarotzer.

So empfand ihn auch der neue Besitzer, namens Florian Gurtner aus Retz, der, an Mehl- und Butterschiebungen im Hungerjahr 1919 reich geworden, dem biedern Standhartner für achtzigtausend rasch zerblätterte Papierkronen das Café Gluck abgeschwatzt hatte. Er griff mit seinen festen Bauernhänden scharf zu, krempelte das altehrwürdige Kaffeehaus hastig auf nobel um, kaufte für schlechte Zettel rechtzeitig neue Fauteuils, installierte ein Marmorportal und verhandelte bereits wegen des Nachbarlokals, um eine Musikdiele anzubauen. Bei dieser hastigen Verschönerung störte ihn natürlich sehr dieser galizische Schmarotzer, der tagsüber von früh bis nachts allein einen Tisch besetzt hielt und dabei im ganzen nur zwei Schalen Kaffee trank und fünf Brote verzehrte. Zwar hatte Standhartner ihm seinen alten Gast besonders ans Herz gelegt und zu erklären versucht, was für ein bedeutender und wichtiger Mann dieser Jakob Mendel sei, er hatte ihn sozusagen bei der Übergabe mit dem Inventar als ein auf dem Unternehmen lastendes Servitut mit übergeben. Aber Florian Gurtner hatte sich mit den neuen Möbeln und der blanken Aluminiumzahlkasse auch das massive Gewissen der Verdienerzeit zugelegt und wartete nur auf einen Vorwand, um diesen letzten lästigen Rest vorstädtischer Schäbigkeit aus seinem vornehm gewordenen Lokal hinauszukehren. Ein guter Anlass schien sich bald einzustellen; denn es ging Jakob Mendel schlecht. Seine letzten gesparten Banknoten waren zerpulvert in der Papiermühle der Inflation, seine Kunden hatten sich verlaufen. Und wieder als kleiner Buchtrödler Treppen zu steigen, Bücher hausierend zusammenzuraffen, dazu fehlte dem Müdgewordenen die Kraft. Es ging ihm elend, man merkte das an hundert kleinen Zeichen. Selten ließ er sich mehr vom Gasthaus etwas herüberholen, und auch das kleinste Entgelt für Kaffee und Brot blieb er immer länger schuldig, einmal sogar drei Wochen lang. Schon damals wollte ihn der Oberkellner auf die Straße setzen. Da erbarmte sich die brave Frau Sporschil, die Toilettenfrau, und bürgte für ihn.

Aber im nächsten Monat ereignete sich dann das Unglück. Bereits mehrmals hatte der neue Oberkellner bemerkt, dass es bei der Abrechnung nie recht mit dem Gebäck stimmen wollte. Immer mehr Brote erwiesen sich als fehlend, als angesagt und bezahlt waren. Sein Verdacht lenkte sich selbstverständlich gleich auf Mendel; denn mehrmals war schon der alte wacklige Dienstmann gekommen, um sich zu beschweren, Mendel sei ihm seit einem halben Jahre die Bezahlung schuldig, und er könne keinen Heller herauskriegen. So passte der Oberkellner jetzt besonders auf, und schon zwei Tage später gelang es ihm, hinter dem Ofenschirm versteckt, Jakob Mendel zu ertappen, wie er heimlich von seinem Tisch aufstand, in das andere vordere Zimmer hinüberging, rasch aus einem Brotkorb zwei Semmeln nahm und sie gierig in sich hineinstopfte. Bei der Abrechnung behauptete er, keine gegessen zu haben. Nun war das Verschwinden geklärt. Der Kellner meldete sofort den Vorfall Herrn Gurtner, und dieser, froh des lang gesuchten Vorwands, brüllte Mendel vor allen Leuten an, beschuldigte ihn des Diebstahls und tat sogar noch dick, dass er nicht sofort die Polizei riefe. Aber er befahl ihm, sogleich und für immer sich zum Teufel zu scheren. Jakob Mendel zitterte nur, sagte nichts, stolperte auf von seinem Sitz und ging.

„Ein Jammer war's", schilderte die Frau Sporschil diesen seinen Abgang. „Nie werd ich's vergessen, wie er aufgestanden ist, die Brille hinaufgeschoben in die Stirn, weiß wie ein Handtuch. Nicht Zeit hat er sich genommen, den Mantel anzuziehen, obwohl's Januar war, Sie wissen ja, damals im kalten Jahr. Und sein Buch hat er liegenlassen auf dem Tisch in seinem Schreck, ich hab's erst später bemerkt und wollt's ihm noch nachtragen. Aber da war er schon hinabgestolpert zur Tür. Und weiter auf die Straßen hart ich mich nicht traut; denn an die Tür hat sich der Herr Gurtner hingstellt und ihm nachgschrien, dass die Leute stehenblieben und zusammengelaufen sind. Ja, eine Schand war's, gschämt hab ich mich bis in die unterste Seel! So was hätt nicht passieren können bei dem alten Herrn Standhartner, dass man einen ausjagt nur wegen ein paar Semmeln, bei dem hätt er umsonst essen können noch sein Leben lang. Aber die Leute von heut, die haben ja kein Herz. Einen wegzutreiben, der über dreißig Jahre wo gsessen ist Tag für Tag – wirklich, eine Schand war's, und ich möcht's nicht zu verantworten haben vor dem lieben Gott – ich nicht."

Ganz aufgeregt war sie geworden, die gute Frau, und mit der leidenschaftlichen Geschwätzigkeit des Alters wiederholte sie immer wieder das von der Schand und vom Herrn Standhartner, der zu so was nicht imstande gewesen wäre. So musste ich sie schließlich fragen, was denn aus unserm Mendel geworden sei und ob sie ihn wiedergesehen. Da rappelte sie sich zusammen und wurde noch erregter. „Jeden Tag, wenn ich vorübergangen bin an seinem Tisch, jedes Mal, das können S' mir glauben, hat's mir einen Stoß geben. Immer hab ich denken müssen, wo mag er jetzt sein, der arme Herr Mendel, und wenn ich gewusst hätt, wo er wohnt, ich war hin, ihm was Warmes bringen; denn wo hätt er denn das Geld hernehmen sollen zum Heizen und zum Essen? Und Verwandte hat er auf der Welt, soviel ich weiß, niemanden ghabt. Aber schließlich, wie ich immer und immer nix gehört hab, da hab ich mir schon denkt, es muss vorbei mit ihm sein, und ich würd ihn nimmer sehen. Und schon hab ich überlegt, ob ich nicht sollt eine Messe für ihn lesen lassen; denn ein guter Mensch war er, und man hat sich doch gekannt, mehr als fünfundzwanzig Jahr.

Aber einmal in der Früh, um halb acht Uhr im Februar, ich putz grad das Messing an die Fensterstangen, auf einmal (ich mein, mich trifft der Schlag), auf einmal tut sich die Tür auf, und herein kommt der Mendel. Sie wissen ja: immer ist er so schief und verwirrt hereingeschoben, aber diesmal war's noch irgendwie anders. Ich merk gleich, den reißt's hin und her, ganz glanzige Augen hat er gehabt und, mein Gott, wie er ausgschaut hat, nur Bein und Bart! Sofort kommt's mir entrisch vor, wie ich ihn so seh: ich denk mir gleich, der weiß von nichts, der geht am helllichten Tag umeinand als ein Schlafeter, der hat alles vergessen, das von die Semmeln und das vom Herrn Gurtner und wie schandbar sie ihn hinausgschmissen haben, der weiß nichts von sich selber. Gott sei Dank, der Herr Gurtner war noch nicht da, und der Oberkellner hat grad einen Kaffee trunken. Da spring ich rasch hin, damit ich ihm klarmach, er solle nicht dableiben, sich nicht noch einmal hinauswerfen lassen von dem rohen Kerl" (und dabei sah sie sich scheu um und korrigierte rasch), „ich mein, vom Herrn Gurtner. Also 'Herr Mendel', ruf ich ihn an. Er starrt auf. Und da, in dem Augenblick, mein Gott, schrecklich war das, in dem Augenblick muss er sich an alles erinnert habn; denn er fahrt sofort zusammen und fangt an zu zittern, aber nicht bloß mit die Finger zittert er, nein, als ein Ganzer hat er gescheppert, dass man's bis an die Schultern kennt hat, und schon stolpert er wieder rasch auf die Tür zu. Dort ist er dann zusammgfallen. Wir haben gleich um die Rettungsgesellschaft telefoniert, und die hat ihn weggeführt, fiebrig, wie er war. Am Abend ist er gestorben. Lungenentzündung, hochgradige, hat der Doktor gesagt, und auch, dass er schon damals nicht mehr recht gewusst hat von sich, wie er noch einmal zu uns kommen ist. Es hat ihn halt nur so hergetrieben, als einen Schlafeten. Mein Gott, wenn man sechsunddreißig Jahr einmal so gesessen ist jeden Tag, dann ist eben so ein Tisch einem sein Zuhaus."

Wir sprachen noch lange von ihm, die beiden letzten, die diesen sonderbaren Menschen gekannt, ich, dem er als jungen Mann trotz seiner mikrobenhaft winzigen Existenz die erste Ahnung eines vollkommen umschlossenen Lebens im Geiste gegeben – sie, die arme, abgeschundene Toilettenfrau, die nie ein Buch gelesen, die diesem Kameraden ihrer untern armen Welt nur verbunden war, weil sie ihm durch fünfundzwanzig Jahre den Mantel gebürstet und die Knöpfe angenäht hatte. Und doch, wir verstanden einander wunderbar gut an seinem alten, verlassenen Tisch in der Gemeinschaft des vereint heraufbeschworenen Schattens; denn Erinnerung verbindet immer, und zwiefach jede Erinnerung in Liebe. Plötzlich, mitten im Schwatzen, besann sie sich: „Jessas, wie ich vergessig bin – das Buch hab ich ja noch, das was er damals am Tisch liegenlassen hat. Wo hätt ich's ihm denn hintragen sollen? Und nachher, wie sich niemand gemeldt hat, nachher hab ich gmeint, ich dürft's mir behalten als Andenken. Nicht wahr, da ist doch nix Unrechts dabei?" Hastig brachte sie's heran aus ihrem rückwärtigen Verschlag. Und ich hatte Mühe, ein kleines Lächeln zu unterdrücken; denn gerade dem Erschütternden mengt das immer spielfreudige und manchmal ironische Schicksal das Komische gerne boshaft zu. Es war der zweite Band von Hayns Bibliotheca Germanorum erotica et curiosa, das jedem Buchsammler wohlbekannte Kompendium galanter Literatur. Gerade dies skabröse Verzeichnis – habent sua fata libelli – war als letztes Vermächtnis des hingegangenen Magiers zurückgefallen in diese abgemürbten, rot aufgesprungenen, unwissenden Hände, die wohl nie ein anderes als das Gebetbuch gehalten. Ich hatte Mühe, meine Lippen festzuklemmen gegen das unwillkürlich von innen aufdrängende Lächeln, und dies kleine Zögern verwirrte die brave Frau. Ob's am Ende was Kostbares war, oder ob ich meinte, dass sie's behalten dürft?

Ich schüttelte ihr herzlich die Hand. „Behalten Sie's nur ruhig, unser alter Freund Mendel hätte nur Freude, dass wenigstens einer von den vielen Tausenden, die ihm ein Buch danken, sich noch seiner erinnert." Und dann ging ich und schämte mich vor dieser braven alten Frau, die in einfältiger und doch menschlichster Art diesem Toten treu geblieben. Denn sie, die Unbelehrte, sie hatte wenigstens ein Buch bewahrt, um seiner besser zu gedenken, ich aber, ich hatte jahrelang Buchmendel vergessen, gerade ich, der doch wissen sollte, dass man Bücher nur schafft, um über den eigenen Atem hinaus sich Menschen zu verbinden und sich so zu verteidigen gegen den unerbittlichen Widerpart alles Lebens: Vergänglichkeit und Vergessensein.

Unvermutete Bekanntschaft mit einem Handwerk

Herrlich an jenem merkwürdigen Aprilmorgen 1931 war schon die nasse, aber bereits wieder durchsonnte Luft. Wie ein Seidenbonbon schmeckte sie süß, kühl, feucht und glänzend, gefilterter Frühling, unverfälschtes Ozon, und mitten auf dem Boulevard de Strasbourg atmete man überrascht einen Duft von aufgebrochenen Wiesen und Meer. Dieses holde Wunder hatte ein Wolkenbruch vollbracht, einer jener kapriziösen Aprilschauer, mit denen der Frühling sich oftmals auf ungezogenste Weise anzukündigen pflegt. Unterwegs schon war unser Zug einem dunklen Horizont nachgefahren, der vom Himmel schwarz in die Felder schnitt; aber erst bei Meaux – schon streuten sich die Spielzeugwürfel der Vorstadthäuser ins Gelände, schon bäumten sich schreiend die ersten Plakattafeln aus dem verärgerten Grün, schon raffte die betagte Engländerin mir gegenüber im Coupé ihre vierzehn Taschen und Flaschen und Reiseetuis zusammen –, da platzte sie endlich auf, jene schwammige, vollgesogene Wolke, die bleifarben und böse seit Epernay mit unserer Lokomotive um die Wette lief. Ein kleiner blasser Blitz gab das Signal, und sofort stürzten mit Trompetengeprassel kriegerische Wassermassen herab, um unseren fahrenden Zug mit nassem Maschinengewehrfeuer zu bestreichen. Schwer getroffen weinten die

Fensterscheiben unter den klatschenden Schlägen des Hagels, kapitulierend senkte die Lokomotive ihre graue Rauchfahne zur Erde. Man sah nichts mehr, man hörte nichts als dies erregt triefende Geprassel auf Stahl und Glas, und wie ein gepeinigtes Tier lief der Zug, dem Wolkenbruch zu entkommen, über die blanken Schienen. Aber siehe da, noch stand man, glücklich angelangt, unter dem Vorbau des Gare de l'Est und wartete auf den Gepäckträger, da blitzte hinter dem grauen Schnürboden des Regens schon wieder hell der Prospekt des Boulevards auf; ein scharfer Sonnenstrahl stieß einen Dreizack durch entflüchtendes Gewölk, und sofort blinkten die Häuserfassaden wie poliertes Messing, und der Himmel leuchtete in ozeanischem Blau. Goldnackt wie Aphrodite Anadyomene aus den Wogen, so stieg die Stadt aus dem niedergestriften Mantel des Regens, ein göttlicher Anblick. Und sofort, mit einem Flitz, stoben rechts und links aus hundert Unterschlupfen und Verstecken die Menschen auf die Straße, schüttelten sich, lachten und liefen ihren Weg, der zurückgestaute Verkehr rollte, knarrte, schnarrte und fauchte wieder mit hundert Vehikeln quirlend durcheinander, alles atmete und freute sich des zurückgegebenen Lichtes. Selbst die hektischen Bäume des Boulevards, festgerammt im harten Asphalt, griffen, noch ganz begossen und betropft, wie sie waren, mit ihren kleinen, spitzen Knospenfingern in den neuen, sattblauen Himmel und versuchten ein wenig zu duften. Wahrhaftig, es gelang ihnen. Und Wunder über Wunder: Man spürte deutlich ein paar Minuten das dünne, ängstliche Atmen der Kastanienblüten mitten im Herzen von Paris, mitten auf dem Boulevard de Strasbourg.

Und zweite Herrlichkeit dieses gesegneten Apriltages: Ich hatte, frisch angekommen, keine einzige Verabredung bis tief hinein in den Nachmittag. Niemand von den viereinhalb Millionen Stadtbürgern von Paris wusste von mir oder wartete auf mich, ich war also göttlich frei, zu tun, was ich wollte. Ich konnte ganz nach meinem Belieben entweder spazieren, schlendern oder Zeitung lesen, konnte in einem Café sitzen oder essen oder in ein Museum gehen, Auslagen anschauen oder die Bücher des Quais, ich konnte Freunde antelefonieren oder bloß in die laue, süße Luft hineinstarren. Aber glücklicherweise tat ich aus wissendem Instinkt das Vernünftigste: nämlich nichts. Ich machte keinerlei Plan, ich gab mich frei, schaltete jeden Kontakt auf Wunsch und Ziel ab und stellte meinen Weg ganz auf die rollende Scheibe des Zufalls, das heißt, ich ließ mich treiben, wie mich die Straße trieb, locker vorbei an den blitzenden Ufern der Geschäfte und rascher über die Stromschnellen der Straßenübergänge. Schließlich warf mich die Welle hinab in die großen Boulevards; ich landete wohlig müde auf der Terrasse eines Cafés, Ecke Boulevard Haußmann und Rue Drouot.

Da bin ich wieder, dachte ich, locker in den nachgiebigen Strohsessel gelehnt, während ich mir eine Zigarre anzündete, und da bist du, Paris! Zwei ganze Jahre haben wir alten Freunde uns nicht gesehen, jetzt wollen wir uns fest in die Augen schauen. Also vorwärts, leg los, Paris, zeig, was du seitdem dazu gelernt hast, vorwärts, fang an, lass deinen unübertrefflichen Tonfilm 'Les Boulevards de Paris' vor mir abrollen, dies Meisterwerk von Licht und Farbe und Bewegung mit seinen tausend und tausend unbezahlten und unzählbaren Statisten, und mach dazu deine unnachahmliche, klirrende, ratternde, brausende Straßenmusik! Spar nicht, gib Tempo, zeig, was du kannst, zeig, wer du bist, schalte dein großes Orchestrion ein mit atonaler, pantonaler Straßenmusik, lass deine Autos fahren, deine Camelots brüllen, deine Plakate knallen, deine Hupen dröhnen, deine Geschäfte funkeln, deine Menschen laufen – hier sitze ich, aufgetan wie nur je, und habe Zeit und Lust dir zuzuschauen, dir zuzuhören, bis mir die Augen schwirren und das Herz dröhnt. Vorwärts, vorwärts, spar nicht, verhalte dich nicht, gib mehr und immer mehr, wilder und immer wilder, immer andere und immer neue Schreie und Rufe, Hupen und zersplitterte Töne, mich macht es nicht müd, denn alle Sinne stehen dir offen, vorwärts und vorwärts, gib dich ganz mir hin, so wie ich bereit bin, ganz mich dir hinzugeben, du unerlernbare und immer wieder neu bezaubernde Stadt!

Denn – und dies war die dritte Herrlichkeit dieses außerordentlichen Morgens – ich fühlte schon an einem gewissen Prickeln in den Nerven, dass ich wieder einmal meinen Neugiertag hatte, wie meist nach einer Reise oder einer durchwachten Nacht. An solchen Neugiertagen bin ich gleichsam doppelt und sogar vielfach ich selbst; ich habe dann nicht genug an meinem eigenen umgrenzten Leben, mich drängt, mich spannt etwas von innen, als müsste ich aus meiner Haut herausschlüpfen wie der Schmetterling aus seiner Puppe. Jede Pore dehnt sich, jeder Nerv krümmt sich zu einem feinen, glühenden Enterhaken, eine fanatische Hellhörigkeit, Hellsichtigkeit überkommt mich, eine fast unheimliche Luzidität, die mir Pupille und Trommelfell schärfer spannt. Alles wird mir geheimnisvoll, was ich mit dem Blick berühre. Stundenlang kann ich einem Straßenarbeiter zusehen, wie er mit dem elektrischen Bohrer den Asphalt aufstemmt, und so stark spüre ich aus dem bloßen Beobachten sein Tun, dass jede Bewegung seiner durchschütterten Schulter unwillkürlich in die meine übergeht. Endlos kann ich vor irgendeinem fremden Fenster stehen und mir das Schicksal des unbekannten Menschen ausphantasieren, der vielleicht hier wohnt oder wohnen könnte, stundenlang irgendeinem Passanten zusehen und nachgehen, von Neugier magnetisch-sinnlos nachgezogen und voll bewusst dabei, dass dieses Tun völlig unverständlich und narrhaft wäre für jeden anderen, der mich zufällig beobachtete, und doch ist diese Phantasie und Spiellust berauschender für mich als jedes schon gestaltete Theaterstück oder das Abenteuer eines Buches. Mag sein, dass dieser Überreiz, diese nervöse Hellsichtigkeit sehr natürlich mit der plötzlichen Ortsveränderung zusammenhängt und nur Folge ist der Umstellung des Luftdruckes und der dadurch bedingten chemischen Umschaltung des Blutes – ich habe nie versucht, mir diese geheimnisvolle Erregtheit zu erklären. Aber immer, wenn ich sie fühle, scheint mir mein sonstiges Leben wie ein blasses Hindämmern und alle anderen durchschnittlichen Tage nüchtern und leer. Nur in solchen Augenblicken spüre ich mich und die phantastische Vielfalt des Lebens völlig.

So ganz aus mir herausgebeugt, so spiellüstern und angespannt saß ich auch damals an jenem gesegneten Apriltag auf meinem Sesselchen am Ufer des Menschenstromes und wartete, ich wusste nicht worauf. Aber ich wartete mit dem leisen fröstelnden Zittern des Anglers auf jenen gewissen Ruck, ich wusste instinkthaft, dass mir irgend etwas, irgend jemand begegnen musste, weil ich so tauschgierig, so rauschgierig war, meiner Neugierlust etwas zum Spielen heranzuholen. Aber die Straße warf mir vorerst nichts zu, und nach einer halben Stunde wurden meine Augen der vorbeigewirbelten Massen müde, ich nahm nichts einzelnes mehr deutlich wahr. Die Menschen, die der Boulevard vorbeispülte, begannen für mich ihre Gesichter zu verlieren, sie wurden ein verschwommener Schwall von gelben, braunen, schwarzen, grauen Mützen, Kappen und Käppis, leeren und schlechtgeschminkten Ovalen, ein langweiliges Spülicht schmutzigen Menschenwassers, das immer farbloser und grauer strömte, je ermüdeter ich blickte. Und schon war ich erschöpft, wie von einem undeutlich zuckenden und schlechtkopierten Film, und wollte aufstehen und weiter. Da endlich, da endlich entdeckte ich ihn.

Er fiel mir zuerst auf, dieser fremde Mensch, dank der simplen Tatsache, dass er immer wieder in mein Blickfeld kam. Alle die andern Tausende und Tausende Menschen, welche mir diese halbe Stunde vorüberschwemmte, stoben wie von unsichtbaren Bändern weggerissen fort, sie zeigten hastig ein Profil, einen Schatten, einen Umriss, und schon hatte die Strömung sie für immer mitgeschleppt. Dieser eine Mensch aber kam immer wieder und immer an dieselbe Stelle; deshalb bemerkte ich ihn. So wie die Brandung manchmal mit unbegreiflicher Beharrlichkeit eine einzige schmutzige Alge an den Strand spült und sofort mit ihrer nassen Zunge wieder zurückschluckt, um sie gleich wieder hinzuwerfen und zurückzunehmen, so schwemmte diese eine Gestalt immer wieder mit dem Wirbel heran, und zwar jedes Mal in gewissen, fast regelmäßigen Zeitabständen und immer an derselben Stelle und immer mit dem gleichen geduckten, merkwürdig überdeckten Blick. Ansonsten erwies sich dieses Stehaufmännchen als keine große Sehenswürdigkeit; ein dürrer, ausgehungerter Körper, schlecht eingewickelt in ein kanariengelbes Sommermäntelchen, das ihm sicher nicht eigens auf den Leib geschneidert war, denn die Hände verschwanden ganz unter den überhängenden Ärmeln; es war in lächerlichem Masse zu weit, überdimensional, dieses kanariengelbe Mäntelchen einer längst verschollenen Mode, für dies dünne Spitzmausgesicht mit den blassen, fast ausgelöschten Lippen, über denen ein blondes Bürstchen wie ängstlich zitterte. Alles an diesem armen Teufel schlotterte falsch und schlapp – schiefschultrig mit dünnen Clownbeinen schlich er bekümmerten Gesichts bald von rechts, bald von links aus dem Wirbel, blieb dann anscheinend ratlos stehen, sah ängstlich auf wie ein Häschen aus dem Hafer, schnupperte, duckte sich und verschwand neuerdings im Gedränge. Außerdem – und dies war das zweite, das mir auffiel – schien dieses abgeschabte Männchen, das mich irgendwie an einen Beamten aus einer Gogolschen Novelle erinnerte, stark kurzsichtig oder besonders ungeschickt zu sein, denn zweimal, dreimal, viermal beobachtete ich, wie eiligere, zielbewusstere Passanten dies kleine Stückchen Straßenelend anrannten und beinahe umrannten. Aber dies schien ihn nicht sonderlich zu bekümmern; demütig wich er zur Seite, duckte sich und schlüpfte neuerdings vor und war immer da, immer wieder, jetzt vielleicht schon zum zehnten- oder zwölften Mal in dieser knappen halben Stunde.

Nun, das interessierte mich. Oder vielmehr, ich ärgerte mich zuerst, und zwar über mich selbst, dass ich, neugierig, wie ich an diesem Tage war, nicht gleich erraten konnte, was dieser Mensch hier wollte. Und je vergeblicher ich mich bemühte, desto ärgerlicher wurde meine Neugier. Donnerwetter, was suchst du eigentlich, Kerl? Auf was, auf wen wartest du da? Ein Bettler, das bist du nicht, der stellt sich nicht so tolpatschig mitten ins dickste Gewühl, wo niemand Zeit hat, in die Tasche zu greifen. Ein Arbeiter bist du auch nicht, denn die haben Schlag elf Uhr vormittags keine Gelegenheit, hier so lässig herumzulungern. Und auf ein Mädchen wartest du schon gar nicht, mein Lieber, denn solch einen armseligen Besenstiel sucht sich nicht einmal die Älteste und Abgetakeltste aus. Also Schluss, was suchst du da? Bist du vielleicht einer jener obskuren Fremdenführer, die, von der Seite leise anschleichend, unter dem Ärmel obszöne Photographien herausvoltigieren und dem Provinzler alle Herrlichkeiten Sodoms und Gomorras für einen Bakschisch versprechen? Nein, auch das nicht, denn du sprichst ja niemanden an, im Gegenteil, du weichst jedem ängstlich aus mit deinem merkwürdig geduckten und gesenkten Blick. Also zum Teufel, was bist du, Duckmäuser? Was treibst du da in meinem Revier? Schärfer und schärfer nahm ich ihn aufs Korn, in fünf Minuten war es für mich schon Passion, schon Spiellust geworden, herauszubekommen, was dieses kanariengelbe Stehaufmännchen hier auf dem Boulevard wollte. Und plötzlich wusste ich es: Es war ein Detektiv.

Ein Detektiv, ein Polizist in Zivil, ich erkannte das instinktiv an einer ganz winzigen Einzelheit, an jenem schrägen Blick, mit dem er jeden einzelnen Vorübergehenden hastig visierte, jenem unverkennbaren Agnoszierungsblick, den die Polizisten gleich im ersten Jahr ihrer Ausbildung lernen müssen. Dieser Blick ist nicht einfach, denn einerseits muss er rapid wie ein Messer die Naht entlang von unten den ganzen Körper herauflaufen bis zum Gesicht und mit diesem erhellenden Blinkfeuer einerseits die Physiognomie erfassen und anderseits innerlich mit dem Signalement bekannter und gesuchter Verbrecher vergleichen. Zweitens aber – und das ist vielleicht noch schwieriger – muss dieser Beobachtungsblick ganz unauffällig eingeschaltet werden, denn der Spähende darf sich nicht als Späher vor dem andern verraten. Nun, dieser mein Mann hatte seinen Kurs ausgezeichnet absolviert; duselig wie ein Träumer schlich und strich er scheinbar gleichgültig durch das Gedränge, ließ sich lässig stoßen und schieben, aber zwischendurch schlug er dann immer plötzlich – es war wie der Blitz eines photographischen Verschlusses – die schlaffen Augenlider auf und stieß zu wie mit einer Harpune. Niemand ringsum schien ihn bei seinem amtlichen Handwerk zu beobachten, und auch ich selber hätte nichts bemerkt, wäre dieser gesegnete Apriltag nicht glücklicherweise auch mein Neugiertag gewesen und ich so lange und ingrimmig auf der Lauer gelegen.

Aber auch sonst musste dieser heimliche Polizist ein besonderer Meister seines Faches sein, denn mit wie raffinierter Täuschungskunst hatte er es verstanden, Gehabe, Gang, Kleidung oder vielmehr die Lumpen eines richtigen Straßentrotters für seinen Vogelfängerdienst nachzuahmen. Ansonsten erkennt man Polizisten in Zivilkleidung unweigerlich auf hundert Schritte Distanz, weil diese Herren sich in allen Verkleidungen nicht entschließen können, den letzten Rest ihrer amtlichen Würde abzulegen, niemals lernen sie bis zur täuschenden Vollkommenheit jenes scheue, ängstliche Geducktsein, das all den Menschen ganz natürlich in den Gang fällt, denen jahrzehntelange Armut die Schultern drückt. Dieser aber, Respekt, hatte die Verlotterung eines Stromers geradezu stinkend wahrgemacht und bis ins letzte Detail die Vagabundenmaske durchgearbeitet. Wie psychologisch richtig schon dies, dass der kanariengelbe Überzieher, der etwas schief gelegte braune Hut mit letzter Anstrengung eine gewisse Eleganz markierte, während unten die zerfransten Hosen und oben der abgestoßene Rock das nackte Elend durchschimmern ließen: Als geübter Menschenjäger musste er beobachtet haben, dass die Armut, diese gefräßige Ratte, jedes Kleidungsstück zunächst an den Rändern anknabbert. Auf eine derart triste Garderobe war auch die verhungerte Physiognomie vortrefflich charakteristisch abgestimmt, das dünne Bärtchen (wahrscheinlich angeklebt), die schlechte Rasur, die künstlich verwirrten und zerknitterten Haare, die jeden Unvoreingenommenen hätten schwören lassen, dieser arme Teufel habe die letzte Nacht auf einer Bank verbracht oder auf einer Polizeipritsche. Dazu noch ein kränkliches Hüsteln mit vorgehaltener Hand, das frierende Zusammenziehen des Sommermäntelchens, das schleicherisch leise Gehen, als stecke Blei in den Gliedern; beim Zeus: hier hatte ein Verwandlungskünstler ein vollendetes klinisches Bild von Schwindsucht letzten Grades geschaffen.

Ich schäme mich nicht einzugestehen: Ich war begeistert von der großartigen Gelegenheit, hier einen offiziellen Polizeibeobachter privat zu beobachten, obwohl ich es in einer anderen Schicht meines Gefühls zugleich niederträchtig fand, dass an einem solchen gesegneten Azurtag mitten unter Gottes freundlicher Aprilsonne hier ein verkleideter pensionsberechtigter Staatsangestellter nach irgendeinem armen Teufel angelte, um ihn aus diesem sonnenzitternden Frühlingslicht in irgendeinen Kotter zu schleppen. Immerhin, es war erregend, ihm zu folgen, immer gespannter beobachtete ich jede seiner Bewegungen und freute mich jedes neuentdeckten Details. Aber plötzlich zerfloss meine Entdeckungsfreude wie Gefrornes in der Sonne. Denn etwas stimmte mir nicht in meiner Diagnose, etwas passte mir nicht. Ich wurde wieder unsicher. War das wirklich ein Detektiv? Je schärfer ich diesen sonderbaren Spaziergänger aufs Korn nahm, desto mehr bestärkte sich der Verdacht, diese seine zur Schau getragene Armseligkeit sei doch um einen Grad zu echt, zu wahr, um bloß eine Polizeiatrappe zu sein. Da war vor allem, erstes Verdachtsmoment, der Hemdkragen. Nein, etwas dermaßen Verdrecktes hebt man nicht einmal vom Müllhaufen auf, um sich's mit eignen nackten Fingern um den Hals zu legen; so etwas trägt man nur in wirklicher verzweifeltster Verwahrlosung. Und dann – zweite Unstimmigkeit – die Schuhe, sofern es überhaupt erlaubt ist, derlei kümmerliche, in völliger Auflösung befindliche Lederfetzen noch Schuhe zu nennen. Der rechte Stiefel war statt mit schwarzen Senkeln bloß mit grobem Bindfaden zugeschnürt, während beim linken die abgelöste Sohle bei jedem Schritt aufklappte wie ein Froschmaul. Nein, auch ein solches Schuhwerk erfindet und konstruiert man sich nicht zu einer Maskerade. Vollkommen ausgeschlossen, schon gab es keinen Zweifel mehr, diese schlotterige, schleichende Vogelscheuche war kein Polizist und meine Diagnose ein Fehlschluss. Aber wenn kein Polizist, was dann? Wozu dieses ewige Kommen und Gehen und Wiederkommen, dieser von unten her geschleuderte, hastig spähende, suchende, kreisende Blick? Eine Art Zorn packte mich, dass ich diesen Menschen nicht durchschauen konnte, und am liebsten hätte ich ihn an der Schulter gefasst: Kerl, was willst du? Kerl, was treibst du hier?

Aber mit einem Mal, wie eine Zündung, schlug es die Nerven entlang, ich zuckte auf, so kernschusshaft fuhr die Sicherheit in mich hinein – auf einmal wusste ich alles und nun ganz bestimmt, nun endgültig und unwiderleglich. Nein, das war kein Detektiv – wie hatte ich mich so narren lassen können? –, das war, wenn man so sagen darf, das Gegenteil eines Polizisten: Es war ein Taschendieb, ein echter und rechter, ein geschulter, professioneller, veritabler Taschendieb, der hier auf dem Boulevard nach Brieftaschen, Uhren, Damentaschen und anderen Beutestücken krebsen ging. Diese seine Handwerkszugehörigkeit stellte ich zuerst fest, als ich merkte, dass er gerade dort dem Gedränge zutrieb, wo es am dicksten war, und nun verstand ich auch seine scheinbare Tolpatschigkeit, sein Anrennen und AnStoßen an fremde Menschen. Immer klarer, immer eindeutiger wurde mir die Situation. Denn dass er sich gerade diesen Posten vor dem Kaffeehaus und ganz nahe der Straßenkreuzung ausgesucht, hatte seinen Grund in dem Einfall eines klugen Ladenbesitzers, der sich für sein Schaufenster einen besonderen Trick ausgesonnen hatte. Die Ware dieses Geschäftes bestand an sich zwar bloß aus ziemlich uninteressanten und wenig verlockenden Gegenständen, aus Kokosnüssen, türkischen Zuckerwaren und verschiedenen bunten Karamels, aber der Besitzer hatte die glänzende Idee gehabt, die Schaufenster nicht nur mit falschen Palmen und tropischen Prospekten orientalisch auszustaffieren, sondern mitten in dieser südlichen Pracht ließ er – vortrefflicher Einfall – drei lebendige Äffchen sich herumtreiben, die in den possierlichsten Verrenkungen hinter der Glasscheibe voltigierten, die Zähne fletschten, einander Flöhe suchten, grinsten und spektakelten und sich nach echter Affenart ungeniert und unanständig benahmen. Der kluge Verkäufer hatte richtig gerechnet, denn in dicken Trauben blieben die Vorübergehenden vor diesem Fenster kleben, insbesondere die Frauen schienen nach ihren Ausrufen und Schreien an diesem Schauspiel unermessliches Ergötzen zu haben. Jedes Mal nun, wenn sich ein gehöriges Bündel neugieriger Passanten vor diesem Schaufenster besonders dicht zusammenschob, war mein Freund schnell und schleicherisch zur Stelle. Sanft und in falsch bescheidener Art drängte er sich mitten hinein unter die Drängenden; soviel aber wusste ich immerhin schon von dieser bisher nur wenig erforschten und meines Wissens nie recht beschriebenen Kunst des Straßendiebstahls, dass Taschendiebe zum guten Griff ein gutes Gedränge ebenso notwendig brauchen wie die Heringe zum Laichen, denn nur im Gepresst- und Geschobensein spürt das Opfer nicht die gefährliche Hand, indes sie die Brieftasche oder die Uhr mardert. Außerdem aber – das lernte ich erst jetzt zu – gehört offenbar zum rechten Coup etwas Ablenkendes, etwas, das die unbewusste Wachsamkeit, mit der jeder Mensch sein Eigentum schützt, für eine kurze Pause chloroformiert. Diese Ablenkung besorgten in diesem Falle die drei Affen mit ihrem possierlichen und wirklich amüsanten Gebaren auf unüberbietbare Art. Eigentlich waren sie, die feixenden, grinsenden, nackten Männchen, ahnungsloserweise die ständig tätigen Hehler und Komplicen dieses meines neuen Freundes, des Taschendiebes.

Ich war, man verzeihe es mir, von dieser meiner Entdeckung geradezu begeistert. Denn noch nie in meinem Leben hatte ich einen Taschendieb gesehen. Oder vielmehr, um ganz ehrlich zu bleiben, einmal in meiner Londoner Studienzeit, als ich, um mein Englisch zu verbessern, öfters in Gerichtsverhandlungen des Zuhörens halber ging, kam ich zurecht, wie man einen rothaarigen, dicklichen Burschen zwischen zwei Policemen vor den Richter führte. Auf dem Tisch lag eine Geldbörse, Corpus delicti, ein paar Zeugen redeten und schworen, dann murmelte der Richter einen englischen Brei, und der rothaarige Bursche verschwand – wenn ich recht verstand, für sechs Monate. Das war der erste Taschendieb, den ich sah, aber – dies der Unterschied – ich hatte dabei keineswegs feststellen können, dass dies wirklich ein Taschendieb sei. Denn nur die Zeugen behaupteten seine Schuld, ich hatte eigentlich nur der juristischen Rekonstruktion der Tat beigewohnt, nicht der Tat selbst. Ich hatte bloß einen Angeklagten, einen Verurteilten gesehen und nicht wirklich den Dieb. Denn ein Dieb ist doch Dieb nur eigentlich in dem Augenblick, da er diebt, und nicht zwei Monate später, da er für seine Tat vor dem Richter steht, so wie der Dichter wesenhaft nur Dichter ist, während er schafft, und nicht etwa, wenn er ein paar Jahre hernach am Mikrophon sein Gedicht vorliest; wirklich und wahrhaft ist der Täter einzig nur im Augenblick seiner Tat. Jetzt aber war mir Gelegenheit dieser seltensten Art gegeben, ich sollte einen Taschendieb in seinem charakteristischsten Augenblick erspähen, in der innersten Wahrheit seines Wesens, in jener knappen Sekunde, die sich so selten belauschen lässt wie Zeugung und Geburt. Und schon der Gedanke dieser Möglichkeit erregte mich.

Selbstverständlich war ich entschlossen, eine so gloriose Gelegenheit nicht zu verpassen, nicht eine Einzelheit der Vorbereitung und der eigentlichen Tat zu versäumen. Ich gab sofort meinen Sessel am Kaffeehaustisch preis, hier fühlte ich mich zu sehr im Blickfeld behindert. Ich brauchte jetzt einen übersichtlichen, einen sozusagen ambulanten Posten, von dem ich ungehemmt zuspähen konnte, und wählte nach einigen Proben einen Kiosk, auf dem Plakate aller Theater von Paris buntfarbig klebten. Dort konnte ich unauffällig in die Ankündigungen vertieft scheinen, während ich in Wahrheit hinter dem Schutz der gerundeten Säule jede seiner Bewegungen auf das genaueste verfolgte. Und so sah ich mit einer mir heute kaum mehr begreiflichen Zähigkeit zu, wie dieser arme Teufel hier seinem schweren und gefährlichen

Geschäft nachging, sah ihm gespannter zu, als ich mich entsinnen kann, je im Theater oder bei einem Film einem Künstler gefolgt zu sein. Denn in ihrem konzentriertesten Augenblick übertrifft und übersteigert die Wirklichkeit jede Kunstform. Vive la réalité!

Diese ganze Stunde von elf bis zwölf Uhr vormittags mitten auf dem Boulevard von Paris verging mir demnach auch wirklich wie ein Augenblick, obwohl – oder vielmehr weil – sie derart erfüllt war von unablässigen Spannungen, von unzähligen kleinen aufregenden Entscheidungen und Zwischenfällen; ich könnte sie stundenlang schildern, diese eine Stunde, so geladen war sie mit Nervenenergie, so aufreizend durch ihre Spielgefährlichkeit. Denn bis zu diesem Tage hatte ich niemals und nie auch nur in annähernder Weise geahnt, ein wie ungemein schweres und kaum erlernbares Handwerk – nein, was für eine furchtbare und grauenhaft anstrengende Kunst der Taschendiebstahl auf offener Straße und bei hellem Tageslicht ist. Bisher hatte ich mit der Vorstellung „Taschendieb" nichts verbunden als einen undeutlichen Begriff von großer Frechheit und Handfertigkeit, ich hatte dies Metier tatsächlich nur für eine Angelegenheit der Finger gehalten, ähnlich der Jonglertüchtigkeit oder der Taschenspielerei. Dickens hat einmal im „Oliver Twist" geschildert, wie dort ein Diebmeister die kleinen Jungen anlernt, ganz unmerkbar ein Taschentuch aus einem Rock zu stehlen. Oben an dem Rock ist ein Glöckchen befestigt, und wenn, während der Neuling das Tuch aus der Tasche zieht, dieses Glöckchen klingelt, dann war der Griff falsch und zu plump getan. Aber Dickens, das merkte ich jetzt, hatte nur auf das Grobtechnische der

Sache geachtet, auf die Fingerkunst, wahrscheinlich hatte er einen Taschendiebstahl niemals am lebendigen Objekt beobachtet – er hatte wahrscheinlich nie Gelegenheit gehabt, zu bemerken (wie es mir jetzt durch einen glückhaften Zufall gegeben war), dass bei einem Taschendieb, der am helllichten Tage arbeitet, nicht nur eine wendige Hand im Spiele sein muss, sondern auch geistige Kräfte der Bereitschaft, der Selbstbeherrschung, eine sehr geübte, gleichzeitig kalte und blitzgeschwinde Psychologie und vor allem ein unsinniger, ein geradezu rasender Mut. Denn ein Taschendieb, dies begriff ich jetzt schon nach sechzig Minuten Lehrzeit, muss die entscheidende Raschheit eines Chirurgen besitzen, der – jede Verzögerung um eine Sekunde ist tödlich – eine Herznaht vornimmt; aber dort, bei einer solchen Operation, liegt der Patient wenigstens schön chloroformiert, er kann sich nicht rühren, er kann sich nicht wehren, indes hier der leichte jähe Zugriff an den völlig wachen Leib eines Menschen fahren muss – und gerade in der Nähe ihrer Brieftasche sind die Menschen besonders empfindlich. Während der Taschendieb aber seinen Griff ansetzt, während seine Hand unten blitzhaft vorstößt, in eben diesem angespanntesten, aufregendsten Moment der Tat muss er überdies noch gleichzeitig in seinem Gesicht alle Muskeln und Nerven völlig beherrschen, er muss gleichgültig, beinahe gelangweilt tun. Er darf seine Erregung nicht verraten, darf nicht, wie der Gewalttäter, der Mörder, während er mit dem Messer zustößt, den Grimm seines Stoßes in der Pupille spiegeln – er muss, der Taschendieb, während seine Hand schon vorfährt, seinem Opfer klare, freundliche Augen hinhalten und demütig beim Zusammenprall sein „Pardon, Monsieur" mit unauffälligster Stimme sagen. Aber noch nicht genug an dem, dass er im Augenblick der Tat klug und wach und geschickt sein muss – schon ehe er zugreift, muss er seine Intelligenz, seine Menschenkenntnis bewähren, er muss als Psychologe, als Physiologe seine Opfer auf die Tauglichkeit prüfen. Denn nur die Unaufmerksamen, die Nichtmisstrauischen sind überhaupt in Rechnung zu stellen und unter diesen abermals bloß jene, die den Oberrock nicht zugeknöpft tragen, die nicht zu rasch gehen, die man als unauffällig anschleichen kann; von hundert, von fünfhundert Menschen auf der Straße, ich habe es in jener Stunde nachgezählt, kommen kaum mehr als einer oder zwei ins Schussfeld. Nur bei ganz wenigen Opfern wird sich ein vernünftiger Taschendieb überhaupt an die Arbeit wagen, und bei diesen wenigen misslingt der Zugriff infolge der unzähligen Zufälle, die zusammenwirken müssen, meist noch in letzter Minute. Eine riesige Summe von Menschenerfahrung, von Wachsamkeit und Selbstbeherrschung ist (ich kann es bezeugen) für dieses Handwerk vonnöten, denn auch dies ist zu bedenken, dass der Dieb, während er bei seiner Arbeit mit angespannten Sinnen seine Opfer wählen und beschleichen muss, gleichzeitig mit einem anderen Sinn seiner krampfhaft angestrengten Sinne krampfhaft darauf zu achten hat, dass er nicht zugleich selbst bei seiner Arbeit beobachtet werde. Ob nicht ein Polizist oder ein Detektiv um die Ecke schielt oder einer der ekelhaft vielen Neugierigen, die ständig die Straße bevölkern; all dies muss er stets im Auge behalten, und ob nicht eine in der Hast übersehene Auslage seine Hand spiegelt und ihn entlarvt, ob nicht von innen aus einem Geschäft oder aus einem Fenster jemand sein Treiben überwacht. Ungeheuer ist also die Anstrengung und kaum in vernünftiger Proportion zur Gefahr, denn ein Fehlgriff, ein Irrtum kann drei Jahre, vier Jahre Pariser Boulevard kosten, ein kleines Zittern der Finger, ein vorschneller nervöser Griff die Freiheit. Taschendiebstahl am helllichten Tage auf einem Boulevard, ich weiß es jetzt, ist eine Mutleistung höchsten Ranges, und ich empfinde es seitdem als gewisse Ungerechtigkeit, wenn die Zeitungen diese Art Diebe gleichsam als die Belanglosen unter den Übeltätern in einer kleinen Rubrik mit drei Zeilen abtun. Denn von allen Handwerken, den erlaubten und unerlaubten unserer Welt, ist dies eines der schwersten, der gefährlichsten: eines, das in seinen Höchstleistungen beinahe Anspruch hat, sich Kunst zu nennen. Ich darf dies aussprechen, ich kann es bezeugen, denn ich habe es einmal, an jenem Apriltage, erlebt und mitgelebt.

Mitgelebt: ich übertreibe nicht, wenn ich dies sage, denn nur anfangs, nur in den ersten Minuten gelang es mir, rein sachlich kühl diesen Mann bei seinem Handwerk zu beobachten; aber jedes leidenschaftliche Zuschauen erregt unwiderstehlich Gefühl, Gefühl wiederum verbindet, und so begann ich mich allmählich, ohne dass ich es wusste und wollte, mit diesem Dieb zu identifizieren, gewissermaßen in seine Haut, in seine Hände zu fahren, ich war aus dem bloßen Zuschauer seelisch sein Komplice geworden. Dieser Umschaltungsprozess begann damit, dass ich nach einer Viertelstunde Zuschauens zu meiner eigenen Überraschung bereits alle Passanten auf Diebstauglichkeit oder -untauglichkeit abmusterte. Ob sie den Rock zugeknöpft trugen oder offen, ob sie zerstreut blickten oder wach, ob sie eine beleibte Brieftasche erhoffen ließen, kurzum, ob sie arbeitswürdig für meinen neuen Freund waren oder nicht. Bald musste ich mir sogar eingestehen, dass ich längst nicht mehr neutral war in diesem beginnenden Kampfe, sondern innerlich unbedingt wünschte, ihm möge endlich ein Griff gelingen, ja, ich musste sogar den Drang, ihm bei seiner Arbeit zu helfen, beinahe mit Gewalt niederhalten. Denn so wie der Kiebitz heftig versucht ist, mit einem leichten Ellbogenstoß den Spieler zur richtigen Karte zu mahnen, so juckte es mich geradezu, wenn mein Freund eine günstige Gelegenheit übersah, ihm zuzublinzeln: den dort geh an! Den dort, den Dicken, der den großen Blumenstrauß im Arm trägt. Oder als einmal, da mein Freund wieder einmal im Geschiebe untergetaucht war, unvermutet um die Ecke ein Polizist segelte, schien es mir meine Pflicht, ihn zu warnen, denn der Schreck fuhr mir so sehr in die Knie, als sollte ich selber gefasst werden, ich spürte schon die schwere Pfote des Polizisten auf seiner, auf meiner Schulter. Aber – Befreiung! Da schlüpfte schon das dünne Männchen wieder herrlich schlicht und unschuldig aus dem Gedränge heraus und an der gefährlichen Amtsperson vorbei. All das war spannend, aber mir noch nicht genug, denn je mehr ich mich in diesen Menschen einlebte, je besser ich aus nun schon zwanzig vergeblichen Annäherungsversuchen sein Handwerk zu verstehen begann, desto ungeduldiger wurde ich, dass er noch immer nicht zugriff, sondern immer nur tastete und versuchte. Ich begann mich über sein tölpisches Zögern und ewiges Zurückweichen ganz redlich zu ärgern. Zum

Teufel, fass doch endlich einmal straff zu, Hasenfuß! Hab doch mehr Mut! Den dort nimm, den dort! Aber nur endlich einmal los!

Glücklicherweise ließ sich mein Freund, der von meiner unerwünschten Anteilnahme nichts wusste und ahnte, keineswegs durch meine Ungeduld beirren. Denn dies ist ja allemal der Unterschied zwischen dem wahren, bewährten Künstler und dem Neuling, dem Amateur, dem Dilettanten, dass der Künstler aus vielen Erfahrungen um das notwendig Vergebliche weiß, das vor jedes wahrhafte Gelingen schicksalhaft gesetzt ist, dass er geübt ist im Wachen und Sichgedulden, auf die letzte, die entscheidende Möglichkeit. Genau wie der dichterisch Schaffende an tausend scheinbar lockenden und ergiebigen Einfällen gleichgültig vorübergeht (nur der Dilettant fasst gleich mit verwegener Hand zu), um alle Kraft für den letzten Einsatz zu sparen, so ging auch dieses kleine, mickrige Männchen an hundert einzelnen Chancen vorbei, die ich, der Dilettant, der Amateur in diesem Handwerk, schon als erfolgversprechend ansah. Er probte und tastete und versuchte, er drängte sich heran und hatte sicher gewiss schon hundertmal die Hand an fremden Taschen und Mänteln. Aber er griff niemals zu, sondern, unermüdlich in seiner Geduld, pendelte er mit der gleichen gutgespielten Unauffälligkeit immer wieder die dreißig Schritte zur Auslage hin und zurück, immer dabei mit einem wachen, schrägen Blick alle Möglichkeiten ausmessend und mit irgendwelchen mir, dem Anfänger, gar nicht wahrnehmbaren Gefahren vergleichend. In dieser ruhigen, unerhörten Beharrlichkeit war etwas, das mich trotz aller Ungeduld begeisterte und mir Bürgschaft bot für ein letztes Gelingen, denn gerade seine zähe Energie verriet, dass er nicht ablassen würde, ehe er nicht den siegreichen Griff getan. Und ebenso ehern war ich entschlossen, nicht früher wegzugehen, ehe ich seinen Sieg gesehen, und müsste ich warten bis Mitternacht.

So war es Mittag geworden, die Stunde der großen Flut, da plötzlich alle die kleinen Gassen und Gässchen, die Treppen und Höfe viele kleine einzelne Wildbäche von Menschen in das breite Strombett des Boulevards schwemmen. Aus den Ateliers, den Werkstuben, den Bureaux, den Schulen, den Ämtern stürzen mit einem Stoß die Arbeiter und Nähmädchen und Verkäufer der unzähligen im zweiten, im dritten, im vierten Stock zusammengepressten Werkstätten ins Freie; wie ein dunkler, verflatternder Dampf quillt dann die gelöste Menge auf die Straße, Arbeiter in weißen Blusen oder Werkmänteln, die Midinettes zu zweien und dreien sich im Schwatzen unterfassend, Veilchensträußchen ans Kleid gespendelt, die kleinen Beamten mit ihren glänzenden Bratenröcken und der obligaten Ledermappe unter dem Arm, die Packträger, die Soldaten in bleu d'horizon, alle die unzähligen, undefinierbaren Gestalten der unsichtbaren und unterirdischen Großstadtgeschäftigkeit. All das hat lange und allzu lange in stickigen Zimmern gesessen, jetzt reckt es die Beine, läuft und schwirrt durcheinander, schnappt nach Luft, bläst sie mit Zigarrenrauch voll, drängt heraus – herein, eine Stunde lang bekommt die Straße von ihrer gleichzeitigen Gegenwart einen starken Schuss freudiger Lebendigkeit. Denn eine Stunde nur, dann müssen sie wieder hinauf hinter die verschlossenen Fenster, drechseln oder nähen, an Schreibmaschinen hämmern und Zahlenkolonnen addieren oder drucken oder schneidern oder schustern. Das wissen die Muskeln, die Sehnen im Leib, darum spannen sie sich so froh und stark, und das weiß die Seele, darum genießt sie so heiter und voll die knappbemessene Stunde; neugierig tastet und greift sie nach Helle und Heiterkeit, alles ist ihr willkommen für einen rechten Witz und einigen Spaß. Kein Wunder, dass vor allem die Affenauslage von diesem Wunsch nach kostenloser Unterhaltung kräftig profitierte. Massenhaft scharten sich die Menschen um die verheißungsvolle Glasscheibe, voran die Midinettes, man hörte ihr Zwitschern wie aus einem zänkischen Vogelkäfig, spitz und scharf, und an sie drängten sich mit salzigen Witzen und festem Zugriff Arbeiter und Flaneure, und je dicker und dichter die Zuschauerschaft sich zum festen Klumpen ballte, desto munterer und geschwinder schwamm und tauchte mein kleiner Goldfisch im kanariengelben Überzieher bald da, bald dort durch das Geschiebe. Jetzt hielt es mich nicht länger auf meinem passiven Beobachtungsposten – jetzt galt es, ihm scharf und von nah auf die Finger zu blicken, um den eigentlichen Herzgriff des Handwerks kennenzulernen. Dies aber gab harte Mühe, denn dieser geübte Windhund hatte eine besondere Technik, sich glitschig zu machen und sich wie ein Aal durch die kleinsten Lücken eines Gedränges durchzuschlängeln – so sah ich ihn jetzt plötzlich, während er noch eben neben mir ruhig abwartend gestanden hatte, magisch verschwinden und im selben Augenblick schon ganz vorn an der Fensterscheibe. Mit einem Stoß musste er sich durchgeschoben haben durch drei oder vier Reihen.

Selbstverständlich drängte ich ihm nach, denn ich befürchtete, er könnte, ehe ich meinerseits bis vorne ans Schaufenster gelangt sei, bereits wieder nach rechts oder links auf die ihm eigentümliche taucherische Art verschwunden sein. Aber nein, er wartete dort ganz still, merkwürdig still. Aufgepasst! Das muss einen Sinn haben, sagte ich mir sofort und musterte seine Nachbarn. Neben ihm stand eine ungewöhnlich dicke Frau, eine sichtlich arme Person. An der rechten Hand hielt sie zärtlich ein etwa elfjähriges blasses Mädchen, am linken Arm trug sie eine offene Einkaufstasche aus billigem Leder, aus der zwei der langen französischen Weißbrotstangen unbekümmert herausstießen; ganz offensichtlich war in dieser Tragtasche das Mittagessen für den Mann verstaut. Diese brave Frau aus dem Volk – kein Hut, ein greller Schal, ein kariertes selbstgeschneidertes Kleid aus grobem Kattun – war von dem Affenschauspiel in kaum zu beschreibender Weise entzückt, ihr ganzer breiter, etwas schwammiger Körper schüttelte sich dermaßen vor Lachen, dass die weißen Brote hin und her schwankten, sie schmetterte so kollernde, juchzende Stöße von Lachen aus sich heraus, dass sie bald den andern ebenso viel Spaß bereitete wie die Äffchen. Mit der naiven Urlust einer elementaren Natur, mit der herrlichen Dankbarkeit all jener, denen im Leben wenig geboten ist, genoss sie das seltene Schauspiel: Ach, nur die Armen können so wahrhaft dankbar sein, nur sie, denen es höchster Genuss des Genusses ist, wenn es nichts kostet und gleichsam vom Himmel geschenkt wird. Immer beugte sich die Gutmütige zwischendurch zu dem Kind herab, ob es nur recht genau sehe und ihm keine der Possierlichkeiten entgehe. „Rrregarrde, doonc, Maargueriete", munterte sie in ihrem breiten, meridionalen Akzent das blasse Mädchen immer wieder auf, das unter so vielen fremden Menschen zu scheu war, sich laut zu freuen. Herrlich war diese Frau, diese Mutter anzusehen, eine wahre Gäatochter, Urstamm der Erde, gesunde, blühende Frucht des französischen Volkes, und man hätte sie umarmen können, diese Treffliche, für ihre schmetternde, heitere, sorglose Freude. Aber plötzlich wurde mir etwas unheimlich. Denn ich merkte, wie der Ärmel des kanariengelben Überziehers immer näher an die Einkaufstasche heranpendelte, die sorglos offenstand (nur die Armen sind sorglos).

Um Gottes willen! Du willst doch nicht dieser armen, braven, dieser unsagbar gutmütigen und lustigen Frau die schmale Börse aus dem Einkaufskorb klauen? Mit einem Mal revoltierte etwas in mir. Bisher hatte ich diesen Taschendieb mit Sportfreude beobachtet, ich hatte, aus seinem Leib, aus seiner Seele heraus denkend und mitfühlend, gehofft, ja gewünscht, es möge ihm endlich für einen so ungeheuren Einsatz an Mühe, Mut und Gefahr ein kleiner Coup gelingen. Aber jetzt, da ich zum ersten Mal nicht nur den Versuch des Stehlens, sondern auch den Menschen leibhaftig sah, der bestohlen werden sollte, diese rührend naive, diese selig ahnungslose Frau, die wahrscheinlich für ein paar Sous stundenlang Stuben scheuerte und Stiegen schrubbte, da kam mich Zorn an. 'Kerl, schieb weg!' hätte ich ihm am liebsten zugeschrien. 'Such dir jemand anderen als diese arme Frau!' Und schon drängte ich mich scharf vor und an die Frau heran, um den gefährdeten Einkaufskorb zu schützen. Aber gerade während meiner vorstoßenden Bewegung wandte sich der Bursche um und drängte glatt an mir vorbei. „Pardon, Monsieur", entschuldigte sich beim Anstreifen eine sehr dünne und demütige Stimme (zum ersten Mal hörte ich sie), und schon schlüpfte das gelbe Mäntelchen aus dem Gedränge. Sofort, ich weiß nicht warum, hatte ich das Gefühl: er hat bereits zugegriffen. Nur ihn jetzt nicht aus den Augen lassen! Brutal – ein Herr fluchte hinter mir, ich hatte ihn hart auf den Fuss getreten – drückte ich mich aus dem Quirl und kam gerade noch zurecht, um zu sehen, wie das kanariengelbe Mäntelchen bereits um die Ecke des Boulevards in eine Seitengasse wehte. Ihm nach jetzt, ihm nach! Festbleiben an seinen Fersen! Aber ich musste scharfe Schritte einschalten, denn – ich traute zuerst kaum meinen Augen –: dieses Männchen, das ich eine Stunde lang beobachtet hatte, war mit einem Mal verwandelt. Während es vordem scheu und beinahe beduselt zu torkeln schien, flitzte es jetzt leicht wie ein Wiesel die Wand entlang mit dem typischen Angstschritt eines mageren Kanzlisten, der den Omnibus versäumt hat und sich eilt, ins Büro zurechtzukommen. Nun bestand kein Zweifel mehr für mich. Das war die Gangart nach der Tat, die Diebsgangart Nummer zwei, um möglichst schnell und unauffällig dem Tatort zu entflüchten. Nein, es bestand kein Zweifel: Der Schuft hatte dieser hundearmen Person die Geldbörse aus der Einkaufstasche geklaut.

In erster Wut hätte ich beinahe Alarmsignal gegeben: „Au voleur!" Aber dann fehlte mir der Mut. Denn immerhin, ich hatte den faktischen Diebstahl nicht beobachtet, ich konnte ihn nicht voreilig beschuldigen. Und dann – es gehört ein gewisser Mut dazu, einen Menschen anzupacken und in Vertretung Gottes Justiz zu spielen: diesen Mut habe ich nie gehabt, einen Menschen anzuklagen und anzugeben. Denn ich weiß genau, wie gebrechlich alle Gerechtigkeit ist und welche Überheblichkeit es ist, von einem problematischen Einzelfall das Recht ableiten zu wollen in unserer verworrenen Welt. Aber während ich noch mitten im scharfen Nacheilen überlegte, was ich tun solle, wartete meiner eine neue Überraschung, denn kaum zwei Straßen weiter schaltete plötzlich dieser erstaunliche Mensch eine dritte Gangart ein. Er stoppte mit einem Mal den scharfen Lauf, er duckte und drückte sich nicht mehr zusammen, sondern ging plötzlich ganz still und gemächlich, er promenierte gleichsam privat. Offenbar wusste er die Zone der Gefahr überschritten, niemand verfolgte ihn, also konnte niemand mehr ihn überweisen. Ich begriff, nun wollte er nach der ungeheuren Spannung locker atmen, er war gewissermaßen Taschendieb außer Dienst, Rentner seines Berufes, einer von den vielen Tausenden Menschen in Paris, die still und gemächlich mit einer frisch angezündeten Zigarette über das Pflaster gehen; mit einer unerschütterlichen Unschuld schlenderte das dünne Männchen ganz ausgeruhten, bequemen, lässigen Ganges über die Chaußée d'Antin dahin, und zum ersten Mal hatte ich das Gefühl, es mustere sogar die vorübergehenden Frauen und Mädchen auf ihre Hübschheit oder Zugänglichkeit.

Nun, und wohin jetzt, Mann der ewigen Überraschungen? Sieh da: in den kleinen, von jungem knospendem Grün umbuschten Square vor der Trinité? Wozu? Ach, ich verstehe! Du willst dich ein paar Minuten ausruhen auf einer Bank, und wie auch nicht? Dieses unablässige Hinundherjagen muss dich gründlich müde gemacht haben. Aber nein, der Mann der unablässigen Überraschungen setzte sich nicht hin auf eine der Bänke, sondern steuerte zielbewusst – ich bitte jetzt um Verzeihung! – auf ein kleines, für allerprivateste Zwecke bestimmtes Häuschen zu, dessen breite Tür er sorgfältig hinter sich schloss.

Im ersten Augenblick musste ich blank herauslachen: Endet Künstlertum an solch allmenschlicher Stelle? Oder ist dir der Schreck so arg in die Eingeweide gefahren? Aber wieder sah ich, dass die ewig possentreibende Wirklichkeit immer die amüsanteste Arabeske findet, weil sie mutiger ist als der erfindende Schriftsteller. Sie wagt unbedenklich, das Außerordentliche neben das Lächerliche zu setzen und boshafterweise das unvermeidbar Menschliche neben das Erstaunliche. Während ich – was blieb mir übrig? – auf einer Bank auf sein Wiederkommen aus dem grauen Häuschen wartete, wurde mir klar, dass dieser erfahrene und gelernte Meister seines Handwerks hierin nur mit der selbstverständlichen Logik seines Metiers handelte, wenn er vier sichere Wände um sich stellte, um seinen Verdienst abzuzählen, denn auch dies (ich hatte es vorhin nicht bedacht) gehörte zu den von uns Laien gar nicht erwägbaren Schwierigkeiten für einen berufsmäßigen Dieb, dass er rechtzeitig daran denken muss, sich der Beweisstücke seiner Beute völlig unkontrollierbar zu entledigen. Und nichts ist ja in einer so ewig wachen, mit Millionen Augen spähenden Stadt schwerer zu finden als vier schützende Wände, hinter denen man sich völlig verbergen kann; auch wer nur selten Gerichtsverhandlungen liest, erstaunt jedes

Mal, wie viele Zeugen bei dem nichtigsten Vorfall, bewaffnet mit einem teuflisch genauen Gedächtnis, prompt zur Stelle sind. Zerreiße auf der Straße einen Brief und wirf ihn in die Gosse: Dutzende schauen dir dabei zu, ohne dass du es ahnst, und fünf Minuten später wird irgendein müßiger Junge sich vielleicht den Spaß machen, die Fetzen wieder zusammenzusetzen. Mustere deine Brieftasche in einem Hausflur: Morgen, wenn irgendeine in der Stadt als gestohlen gemeldet ist, wird eine Frau, die du gar nicht gesehen hast, zur Polizei laufen und eine so komplette Personsbeschreibung von dir geben wie ein Balzac. Kehr ein in ein Gasthaus, und der Kellner, den du gar nicht beachtest, merkt sich deine Kleidung, deine Schuhe, deinen Hut, deine Haarfarbe und die runde oder flache Form deiner Fingernägel. Hinter jedem Fenster, jeder Auslagenscheibe, jeder Gardine, jedem Blumentopf bücken dir ein paar Augen nach, und wenn du hundertmal selig meinst, unbeobachtet und allein durch die Straßen zu streifen, überall sind unberufene Zeugen zur Stelle, ein tausendmaschiges, täglich erneuertes Netz von Neugier umspannt unsere ganze Existenz. Vortrefflicher Gedanke darum, du gelernter Künstler, für fünf Sous dir vier undurchsichtige Wände für ein paar Minuten zu kaufen. Niemand kann dich bespähen, während du die gepaschte Geldbörse ausweidest und die anklägerische Hülle verschwinden lässt, und sogar ich, dein Doppelgänger und Mitgänger, der hier gleichzeitig erheitert und enttäuscht wartet, wird dir nicht nachrechnen können, wieviel du erbeutet hast.

So dachte ich zumindest, aber abermals kam es anders. Denn kaum, dass er mit seinen dünnen Fingern die

Eisentür aufgeklinkt hatte, wusste ich schon um sein Missgeschick, als hätte ich innen das Portemonnaie mitgezählt: erbärmlich magere Beute! An der Art, wie er die Füße enttäuscht vorschob, ein müder, ausgeschöpfter Mensch, schlaff und dumpf die Augenlider über dem gesenkten Blick, erkannte ich sofort: Pechvogel, du hast umsonst gerobotet den ganzen langen Vormittag. In jener geraubten Geldtasche war zweifellos (ich hätte es dir voraussagen können) nichts Rechtes gewesen, im besten Fall zwei oder drei zerknitterte Zehnfrancsscheine – viel, viel zuwenig für diesen ungeheuren Einsatz an handwerklicher Leistung und halsbrecherischer Gefahr – viel nur leider für die unselige Aufwartefrau, die jetzt wahrscheinlich weinend in Belleville schon zum siebentenmal den herbeigeeilten Nachbarsfrauen von ihrem Missgeschick erzählte, auf die elende Diebskanaille schimpfte und immer wieder mit zitternden Händen die ausgeraubte Einkaufstasche verzweifelt vorzeigte. Aber für den gleichfalls armen Dieb, das merkte ich mit einem Blick, war der Fang eine Niete, und nach wenigen Minuten sah ich meine Vermutung bereits bestätigt. Denn dieses Häufchen Elend, zu dem er jetzt, körperlich wie seelisch ermüdet, zusammengeschmolzen war, blieb vor einem kleinen Schuhgeschäft sehnsüchtig stehen und musterte lange die billigsten Schuhe in der Auslage. Schuhe, neue Schuhe, die brauchte er doch wirklich statt der zerlöcherten Fetzen an seinen Füssen, er brauchte sie notwendiger als die hunderttausend anderen, die heute mit guten, ganzen Sohlen oder leisem Gummidruck über das Pflaster von Paris flanierten, er benötigte sie doch geradezu für sein trübes Handwerk. Aber der hungrige und zugleich vergebliche Blick verriet deutlich: Zu einem solchen Paar, wie es da, blank gewichst und mit vierundfünfzig Francs ausgezeichnet, in der Auslage stand, hatte jener Griff nicht gereicht: Mit bleiernen Schultern bog er sich weg von dem spiegelnden Glas und ging weiter.

Weiter, wohin? Wieder auf solch halsbrecherische Jagd? Noch einmal die Freiheit wagen für eine so erbärmliche, unzulängliche Beute? Nein, du Armer, ruh wenigstens ein bisschen aus. Und wirklich, als hätte er meinen Wunsch magnetisch gefühlt, bog er jetzt ein in eine Seitengasse und blieb endlich stehen vor einem billigen Speisehaus. Für mich war es selbstverständlich, ihm nachzufolgen. Denn alles wollte ich von diesem Menschen wissen, mit dem ich jetzt seit zwei Stunden mit pochenden Adern, mit bebender Spannung lebte. Zur Vorsicht kaufte ich mir rasch noch eine Zeitung, um mich besser hinter ihr verschanzen zu können, dann trat ich, den Hut mit Absicht tief in die Stirn gedrückt, in die Gaststube ein und setzte mich einen Tisch hinter ihn. Aber unnötige Vorsicht – dieser arme Mensch hatte zur Neugier keine Kraft mehr. Ausgeleert und matt starrte er mit einem stumpfen Blick auf das weiße Gedeck, und erst als der Kellner das Brot brachte, wachten seine mageren, knochigen Hände auf und griffen gierig zu. An der Hast, mit der er zu kauen begann, erkannte ich erschüttert alles: Dieser arme Mensch hatte Hunger, richtigen, ehrlichen Hunger, einen Hunger seit frühmorgens und vielleicht seit gestern schon, und mein plötzliches Mitleid für ihn wurde ganz brennend, als ihm der Kellner das bestellte Getränk brachte: eine Flasche Milch. Ein Dieb, der

Milch trinkt! Immer sind es ja einzelne Kleinigkeiten, die wie ein aufflammendes Zündholz die ganze Tiefe eines Seelenraumes erhellen, und in diesem einen Augenblick, da ich ihn, den Taschendieb, das unschuldigste, das kindlichste aller Getränke, da ich ihn weiße, sanfte Milch trinken sah, hörte er sofort für mich auf, Dieb zu sein. Er war nur mehr einer von den unzähligen Armen und Gejagten und Kranken und Jämmerlichen dieser schief gezimmerten Welt, mit einmal fühlte ich mich in einer viel tieferen Schicht als jener der Neugierde ihm verbunden. In allen Formen der gemeinsamen Irdischkeit, in der Nacktheit, im Frost, im Schlaf, in der Ermüdung, in jeder Not des leidenden Leibes fällt zwischen Menschen das Trennende ab, die künstlichen Kategorien verlöschen, welche die Menschheit in Gerechte und Ungerechte, in Ehrenwerte und Verbrecher teilen, nichts bleibt übrig als das arme ewige Tier, die irdische Kreatur, die Hunger hat, Durst, Schlafbedürfnis und Müdigkeit wie du und ich und alle. Ich sah ihm zu wie gebannt, während er mit vorsichtigen kleinen und doch gierigen Schlucken die dicke Milch trank und schließlich noch die Brotkrumen zusammenscharrte, und gleichzeitig schämte ich mich dieses meines Zuschauens, ich schämte mich, jetzt schon zwei Stunden diesen unglücklichen gejagten Menschen wie ein Rennpferd für meine Neugier seinen dunklen Weg laufen zu lassen, ohne den Versuch, ihn zu halten oder ihm zu helfen. Ein unermessliches Verlangen ergriff mich, auf ihn zuzutreten, mit ihm zu sprechen, ihm etwas anzubieten. Aber wie dies beginnen! Wie ihn ansprechen? Ich forschte und suchte bis aufs schmerzhafteste nach einer Ausrede, nach einem Vorwand und fand ihn doch nicht. Denn so sind wir! Taktvoll bis zur Erbärmlichkeit, wo es ein Entscheidendes gilt, kühn im Vorsatz und doch jämmerlich mutlos, die dünne Luftschicht zu durchStoßen, die einen von einem anderen Menschen trennt, selbst wenn man ihn in Not weiß. Aber was ist, jeder weiß es, schwerer, als einem Menschen zu helfen, solange er nicht um Hilfe ruft, denn in diesem Nichtanrufen hat er noch einen letzten Besitz: seinen Stolz, den man nicht zudringlich verletzen darf. Nur die Bettler machen es einem leicht, und man sollte ihnen danken dafür, weil sie einem nicht den Weg zu sich sperren – dieser aber war einer von den Trotzigen, die lieber ihre persönliche Freiheit in gefahrvollster Weise einsetzen, statt zu betteln, die lieber stehlen, statt Almosen zu nehmen. Würde es ihn nicht seelenmörderisch erschrecken, drängte ich mich unter irgendeinem Vorwand und ungeschickt an ihn heran? Und dann, er saß so maßlos müde da, dass jede Störung eine Roheit gewesen wäre. Er hatte den Sessel ganz an die Mauer geschoben, so dass gleichzeitig der Körper am Sesselrücken und der Kopf an der Mauer lehnte, die bleigrauen Lider für einen Augenblick geschlossen: Ich verstand, ich fühlte, am liebsten hätte er jetzt geschlafen, nur zehn, nur fünf Minuten lang. Geradezu körperlich drang seine Ermüdung und Erschöpfung in mich ein. War diese fahle Farbe des Gesichtes nicht weißer Schatten einer gekalkten Gefängniszelle? Und dieses Loch im Ärmel, bei jeder Bewegung aufblitzend, verriet es nicht, dass keine Frau besorgt und zärtlich in seinem Schicksal war? Ich versuchte mir sein Leben vorzustellen: irgendwo im fünften Mansardenstock ein schmutziges Eisenbett im ungeheizten Zimmer, eine zerbrochene Waschschale, ein kleines Köfferchen als ganzen Besitz und in diesem engen Zimmer noch immer die Angst vor dem schweren Schritt des Polizisten, der die knarrenden Stufen treppauf steigt; alles sah ich in diesen zwei oder drei Minuten, da er erschöpft seinen dünnen knochigen Körper und seinen leicht greisenhaften Kopf an die Mauer lehnte. Aber der Kellner scharrte bereits auffällig die gebrauchten Gabeln und Messer zusammen: Er liebte derart späte und langwierige Gäste nicht. Ich zahlte als erster und ging rasch, um seinen Blick zu vermeiden; als er wenige Minuten später auf die Straße trat, folgte ich ihm; um keinen Preis wollte ich mehr diesen armen Menschen sich selbst überlassen.

Denn jetzt war es nicht mehr wie vormittags eine spielerische und nervenmäßige Neugier, die mich an ihn heftete, nicht mehr die verspielte Lust, ein unbekanntes Handwerk kennenzulernen, jetzt spürte ich bis in die Kehle eine dumpfe Angst, ein fürchterlich drückendes Gefühl, und würgender wurde dieser Druck, sobald ich merkte, dass er den Weg abermals zum Boulevard hin nahm. Um Gottes willen, du willst doch nicht wieder vor dieselbe Auslage mit den Äffchen? Mach keine Dummheiten! Überleg's doch, längst muss die Frau die Polizei verständigt haben, gewiss wartet sie dort schon, dich gleich an deinem dünnen Mäntelchen zu fassen. Und überhaupt: lass für heute von der Arbeit! Versuch nichts Neues, du bist nicht in Form. Du hast keine Kraft mehr in dir, keinen Elan, du bist müde, und was man in der Kunst mit der Müdigkeit beginnt, ist immer schlecht getan. Ruh dich lieber aus, leg dich ins Bett, armer Mensch: nur heute nichts mehr, nur nicht heute! Unmöglich zu erklären, wieso dieser Angstgedanke über mich kam, diese geradezu halluzinatorische Gewissheit, dass er beim ersten Versuch heute unbedingt ertappt werden müsste. Immer stärker wurde meine Besorgnis, je mehr wir uns dem Boulevard näherten, schon hörte man das Brausen seines ewigen Katarakts. Nein, um keinen Preis mehr vor jene Auslage, ich dulde es nicht, du Narr! Schon war ich hinter ihm und hatte die Hand bereit, ihn am Arm zu fassen, ihn zurückzureißen. Aber als hätte er abermals meinen inneren Befehl verstanden, machte mein Mann unvermuteterweise eine Wendung. Er überquerte in der Rue Drouot, eine Straße vor dem Boulevard, den Fahrdamm und ging mit einer plötzlich sicheren Haltung, als hätte er dort seine Wohnung, auf ein Haus zu. Ich erkannte sofort dieses Haus: Es war das Hôtel Drouot, das bekannte Versteigerungsinstitut von Paris.

Ich war verblüfft, nun, ich weiß nicht mehr zum wievielten mal, durch diesen erstaunlichen Mann. Denn indes ich sein Leben zu erraten mich bemühte, musste gleichzeitig eine Kraft in ihm meinen geheimsten Wünschen entgegenkommen. Von den hunderttausend Häusern dieser fremden Stadt Paris hatte ich mir heute morgens vorgenommen, gerade in dieses eine Haus zu gehen, weil es mir immer die anregendsten, kenntnisreichsten und zugleich amüsantesten Stunden schenkt. Lebendiger als ein Museum und an manchen Tagen ebenso reich an Schätzen, jederzeit abwechslungsvoll, immer anders, immer dasselbe, liebe ich dieses äußerlich so unscheinbare Hôtel Drouot als eines der schönsten Schaustücke, denn es stellt in überraschender Verkürzung die ganze Sachwelt des Pariser Lebens dar. Was sonst in den verschlossenen Wänden einer Wohnung sich zu einem organischen Ganzen bindet, liegt hier zu zahllosen Einzeldingen zerhackt und aufgelöst wie in einem Fleischerladen der zerstückelte Leib eines riesigen Tieres, das Fremdeste und Gegensätzlichste, das Heiligste und das Alltäglichste ist hier durch die gemeinste aller Gemeinsamkeiten gebunden: alles, was hier zur Schau liegt, will zu Geld werden. Bett und Kruzifix und Hut und Teppich, Uhr und Waschschüssel, Marmorstatuen von Houdon und Tombakbestecke, persische Miniaturen und versilberte Zigarettendosen, schmutzige Fahrräder neben Erstausgaben von Paul Valéry, Grammophone neben gotischen Madonnen, Bilder von van Dyck Wand an Wand mit schmierigen Öldrucken, Sonaten Beethovens neben zerbrochenen Öfen, das Notwendigste und das Überflüssigste, der niedrigste Kitsch und die kostbarste Kunst, groß und klein und echt und falsch und alt und neu, alles, was je von Menschenhand und Menschengeist erschaffen wurde, das Erhabenste wie das Stupideste, strömt in diese Auktionsretorte, die grausam gleichgültig alle Werte dieser riesigen Stadt in sich zieht und wieder ausspeit. Auf diesem unbarmherzigen Umschlagplatz aller Werte zu Münze und Zahl, auf diesem riesigen Krammarkt menschlicher Eitelkeiten und Notwendigkeiten, an diesem phantastischen Ort spürt man stärker als irgendwo sonst die ganze verwirrende Vielfalt unserer materiellen Welt. Alles kann der Notstand hier verkaufen, der Besitzende erkaufen, aber nicht Gegenstände allein erwirbt man hier, sondern auch Einblicke und Kenntnisse. Der Achtsame kann hier durch Zuschauen und Zuhören jede Materie besser verstehen lernen,

Kenntnis der Kunstgeschichte, Archäologie, Bibliophilie, Briefmarkenbewertung, Münzkunde und nicht zum mindesten auch Menschenkunde. Denn ebenso vielfältig wie die Dinge, die aus diesen Sälen in andere Hände wandern wollen und sich nur für eine kurze Frist ausruhen von der Knechtschaft des Besitzes, ebenso vielfältig sind die Menschenrassen und -klassen, die neugierig und kaufgierig sich um die Versteigerungstische drängen, die Augen unruhig von der Leidenschaft des Geschäftes, dem geheimnisvollen Brand der Sammelwut. Hier sitzen die großen Händler in ihren Pelzen und sauber gebürsteten Melonenhüten neben kleinen schmutzigen Antiquaren und Bric-à-brac-Trödlern der Rive Gauche, die billig ihre Buden füllen wollen, zwischendurch schwirren und schwatzen die kleinen Schieber und Zwischenhändler, die Agenten, die Aufbieter, die 'Raccailleurs', die unvermeidlichen Hyänen des Schlachtfeldes, um rasch ein Objekt, ehe es zu billig zu Boden fällt, aufzuhaschen oder, wenn sie einen Sammler in ein kostbares Stück richtig verbissen sehen, ihn mit gegenseitigem Augenzwinkern hochzuwippen. Selber zu Pergament gewordene Bibliothekare schleichen hier bebrillt herum wie schläfrige Tapire, dann rauschen wieder bunte Paradiesvögel, hochelegante, beperlte Damen herein, die ihre Lakaien vorausgeschickt haben, um ihnen einen Vorderplatz am Auktionstisch frei zu halten, in einer Ecke stehen unterdes wie Kraniche still und mit zurückgehaltenem Blick die wirklichen Kenner, die Freimaurerschaft der Sammler. Hinter all diesen Typen aber, die das Geschäft oder die Neugier oder die Kunstliebe aus wirklicher Anteilnahme heranlockt, wogt jedes Mal eine zufällige Masse von bloß Neugierigen, die sich einzig an der kostenlos gegebenen Heizung wärmen wollen oder sich an den funkelnden Fontänen der emporgeschleuderten Zahlen freuen. Jeden aber, der hierherkommt, treibt eine Absicht, jene des Sammelns, des Spielens, des Verdienens, des Besitzenwollens oder bloß des Sichwärmens, Sicherhitzens an fremder Hitze, und dieses gedrängte Menschenchaos teilt und ordnet sich in eine ganz unwahrscheinliche Fülle von Physiognomien. Eine einzige Spezies aber hatte ich niemals hier vertreten gesehen oder gedacht: die Gilde der Taschendiebe. Doch jetzt, da ich meinen Freund mit sicherem Instinkt einschleichen sah, verstand ich sofort, dass dieser eine Ort auch das ideale, ja vielleicht das idealste Revier von Paris für seine hohe Kunst sein müsse. Denn hier sind alle notwendigen Elemente aufs wunderbarste vereinigt, das grässliche und kaum erträgliche Gedränge, die unbedingt erforderliche Ablenkung durch die Gier des Schauens, des Wartens, des Lizitierens. Und drittens: ein Versteigerungsinstitut ist, außer dem Rennplatz, beinahe der letzte Ort unserer heutigen Welt, wo alles noch bar auf den Tisch bezahlt werden muss, so dass anzunehmen ist, unter jedem Rock rundet sich die weiche Geschwulst einer gefüllten Brieftasche. Hier oder niemals wartet große Gelegenheit für eine flinke Pfote, und wahrscheinlich, jetzt begriff ich's, war die kleine Probe am Vormittag für meinen Freund bloß eine Fingerübung gewesen. Hier aber rüstete er zum eigentlichen Meisterstreich.

Und doch: am liebsten hätte ich ihn am Ärmel zurückgerissen, als er jetzt lässig die Stufen zum ersten Stock hinaufstieg. Um Gottes willen, siehst du denn nicht dort das Plakat in drei Sprachen: „Beware of pickpockets!", „Attention aux pickpockets!", „Achtung vor Taschendieben!"? Siehst du das nicht, du leichtfertiger Narr? Man weiß hier um deinesgleichen, gewiss schleichen Dutzende von Detektiven hier durchs Gedränge, und nochmals, glaub mir, du bist heute nicht in Form! Aber kühlen Blickes das ihm anscheinend wohlbekannte Plakat streifend, stieg der ausgepichte Kenner der Situation ruhig die Stufen empor, ein taktischer Entschluss, den ich an sich nur billigen konnte. Denn in den unteren Sälen wird meist nur grober Hausrat verkauft, Wohnungseinrichtungen, Kasten und Schränke, dort drängt und quirlt die unergiebige und unerfreuliche Masse der Altwarenhändler, die vielleicht noch nach guter Bauernsitte sich die Geldkatze sicher um den Bauch schnüren und die anzugehen weder ergiebig noch ratsam sein dürfte. In den Sälen des ersten Stockes aber, wo die subtileren Gegenstände versteigert werden, Bilder, Schmuck, Bücher, Autographen, Juwelen, dort sind zweifellos die volleren Taschen und sorgloseren Käufer.

Ich hatte Mühe, hinter meinem Freund zu bleiben, denn kreuz und quer paddelte er vom Haupteingang aus in jeden einzelnen Saal, vor und wieder zurück, um in jedem die Chancen auszumessen; geduldig und beharrlich wie ein Feinschmecker ein besonderes Menü las er zwischendurch die angeschlagenen Plakate. Endlich entschied er sich für den Saal sieben, wo „La célèbre collection de porcelaine chinoise et japonaise de Mme. la Comtesse Yves de G..." versteigert wurde. Zweifellos, hier gab es heute sensationell kostspielige Ware, denn die Leute standen derart dicht gedrängt, dass man vom Eingang zunächst den Auktionstisch hinter den Mänteln und Hüten überhaupt nicht wahrnehmen konnte. Eine enggeschlossene, vielleicht zwanzig- oder dreißigreihige Menschenmauer sperrte jede Sicht auf den langen, grünen Tisch, und von unserem Platz an der Eingangstür erhaschte man gerade noch die amüsanten Bewegungen des Auktionators, des Commissaire-priseur, der von seinem erhöhten Pult aus, den weißen Hammer in der Hand, wie ein Orchesterchef das ganze Versteigerungsspiel dirigierte und über beängstigend lange Pausen immer wieder zu einem Prestissimo führte. Wahrscheinlich wie andere kleine Angestellte irgendwo in Ménilmontant oder sonst einer Vorstadt wohnhaft, zwei Zimmer, ein Gasherdchen, ein Grammophon als köstlichste Habe und ein paar Pelargonien vor dem Fenster, genoss er hier vor einem illustren Publikum, mit einem schnittigen Cutaway angetan, das Haar mit Pomade sorgfältig gescheitelt, sichtbar selig die unerhörte Lust, jeden Tag durch drei Stunden mit einem kleinen Hammer die kostbarsten Werte von Paris zu Geld zerschlagen zu dürfen. Mit der eingelernten Liebenswürdigkeit eines Akrobaten fing er von links, von rechts, vom Tisch und von der Tiefe des Saales die verschiedenen Angebote – „six-cents, six-cents-cinq, six-cents-dix"–graziös auf wie einen bunten Ball und schleuderte, die Vokale rundend, die Konsonanten auseinanderziehend, dieselben Ziffern gleichsam sublimiert zurück. Zwischendurch spielte er das Animiermädchen, mahnte, wenn ein Angebot ausblieb und der Zahlenwirbel stockte, mit einem verlockenden Lächeln, „Personne à droite? Personne à gauche?", oder er drohte, eine kleine dramatische Falte zwischen die Augenbrauen schiebend und den entscheidenden Elfenbeinhammer mit der rechten Hand erhebend: „J'adjuge", oder er lächelte ein „Voyons, Messieurs, c'est pas du tout cher". Dazwischen grüßte er kennerisch einzelne Bekannte, blinzelte manchen Bietern schlau und aufmunternd zu, und während er die Ansage jedes neuen Auktionsstückes mit der sachlich notwendigen Feststellung „le numéro trentetrois", ganz trocken begann, stieg mit dem wachsenden Preis sein Tenor immer bewusster ins Dramatische empor. Er genoss es sichtlich, dass durch drei Stunden drei- oder vierhundert Menschen atemlos gierig bald seine Lippen anstarrten, bald das magische Hämmerchen in seiner Hand. Dieser trügerische Wahn, er selbst habe zu entscheiden, indes er nichts als das Instrument der zufälligen Angebote war, gab ihm ein berauschendes Selbstbewusstsein; wie ein Pfau schlug er seine vokalischen Räder, was mich aber keineswegs hinderte, innerlich festzustellen, dass er mit all seinen übertriebenen Gesten meinem Freunde eigentlich nur denselben notwendigen Ablenkedienst erwies wie die drei possierlichen Äffchen des Vormittags.

Vorläufig konnte mein wackerer Freund aus dieser Komplizenhilfe noch keinen Vorteil ziehen, denn wir standen noch immer hilflos in der letzten Reihe, und jeder Versuch, sich durch diese kompakte, warme und zähe Menschenmasse bis zum Auktionstisch vorzukeilen, schien mir vollkommen aussichtslos. Aber wieder bemerkte ich, wie sehr ich noch Eintagsdilettant war in diesem interessanten Gewerbe. Mein Kamerad, der erfahrene Meister und Techniker, wusste längst, dass immer im Augenblick, da der Hammer endgültig niederfiel

– siebentausendzweihundertsechzig Francs jubelte eben der Tenor –, dass sich in dieser kurzen Sekunde der Entspannung die Mauer lockerte. Die aufgeregten Köpfe sanken nieder, die Händler notierten die Preise in die Kataloge, ab und zu entfernte sich ein Neugieriger, für einen Augenblick kam Luft in die gepresste Menge. Und diesen Moment benutzte er genial geschwind, um mit niedergedrücktem Kopf wie ein Torpedo sich vorzustoßen. Mit einem Ruck hatte er sich durch vier, fünf Menschenreihen gezwängt, und ich, der ich mir doch geschworen hatte, den Unvorsichtigen nicht sich selbst zu überlassen, stand plötzlich allein und ohne ihn. Ich drängte zwar jetzt gleichfalls vor, aber schon nahm die Auktion wieder ihren Gang, schon schloss die Mauer sich wieder zusammen, und ich blieb im prallsten Gedränge hilflos stecken wie ein Karren im Sumpf. Entsetzlich war diese heiße, klebrige Presse, hinter, vor mir, links, rechts fremde Körper, fremde Kleider und so nah heran, dass jedes Husten eines Nachbars in mich hineinschütterte. Unerträglich dazu noch die Luft, es roch nach Staub, nach Dumpfem und Saurem und vor allem nach Schweiß wie überall, wo es um Geld geht; dampfend vor Hitze, versuchte ich den Rock zu öffnen, um mit der Hand nach meinem Taschentuch zu fassen. Vergeblich, zu eng war ich eingequetscht. Aber doch, aber doch, ich gab nicht nach, langsam und stetig drängte ich weiter nach vorn, eine Reihe weiter und wieder eine. Jedoch zu spät! Das kanariengelbe Mäntelchen war verschwunden. Es steckte irgendwo unsichtbar in der Masse, niemand wusste von seiner gefährlichen Gegenwart, nur ich allein, dem alle Nerven bebten von einer mystischen Angst, diesem armen Teufel müsse heute etwas Entsetzliches zustoßen. Jede Sekunde erwartete ich, jemand würde aufschreien: „Au voleur", ein Getümmel, ein Wortwechsel würde entstehen, und man würde ihn hinausschleifen, an beiden Ärmeln seines Mäntelchens gepackt – ich kann es nicht erklären, wieso diese grauenhafte Gewissheit in mich kam, es müsse ihm heute und gerade heute sein Zugriff misslingen.

Aber siehe, nichts geschah, kein Ruf, kein Schrei; im Gegenteil, das Gerede, Gescharre und Gesurre hörte jählings auf. Mit einem Mal wurde es merkwürdig still, als pressten diese zwei-, dreihundert Menschen alle auf Verabredung den Atem nieder, alle blickten sie jetzt mit verdoppelter Spannung zu dem Commissaire-priseur, der einen Schritt zurücktrat unter den Leuchter, so dass seine Stirn besonders feierlich erglänzte. Denn das Hauptstück der Auktion war an die Reihe gekommen, eine riesige Vase, die der Kaiser von China höchst persönlich vor dreihundert Jahren dem König von Frankreich mit einer Gesandtschaft als Präsent geschickt und die wie viele andere Dinge während der Revolution auf geheimnisvolle Weise Urlaub aus Versailles genommen hatte. Vier livrierte Diener hoben das kostbare Objekt – weißleuchtende Rundung mit blauem Adernspiel – mit besonderer und zugleich demonstrativer Vorsicht auf den Tisch, und nach einem feierlichen Räuspern verkündete der Auktionator den Ausrufpreis: „Einhundertunddreißigtausend Francs! Einhundertunddreißigtausend Francs" – ehrfürchtige Stille antwortete dieser durch vier Nullen geheiligten Zahl. Niemand wagte sofort daraufloszubieten, niemand zu sprechen oder nur den Fuß zu rühren; die dicht und heiß ineinander gekeilte Menschenmasse bildete einen einzigen starren Block von Respekt. Dann endlich hob ein kleiner weißhaariger Herr am linken Ende des Tisches den Kopf und sagte schnell, leise und fast verlegen: „Einhundertfünfunddreißigtausend", worauf sofort der Commissaire-priseur entschlossen „Einhundertvierzigtausend" zurückschlug.

Nun begann aufregendes Spiel: Der Vertreter eines großen amerikanischen Auktionshauses beschränkte sich darauf, immer nur den Finger zu heben, worauf wie bei einer elektrischen Uhr die Ziffer des Angebotes sofort um fünftausend vorsprang, vom anderen Tischende bot der Privatsekretär eines großen Sammlers (man raunte leise den Namen) kräftig Paroli; allmählich wurde die Auktion zum Dialog zwischen den beiden Bietern, die einander quer gegenübersaßen und störrisch vermieden, sich gegenseitig anzublicken: beide adressierten sie einzig ihre Mitteilungen an den Commissaire-priseur, der sie mit sichtlicher Befriedigung empfing. Endlich, bei zweihundertsechzigtausend, hob der Amerikaner zum ersten Mal nicht mehr den Finger; wie ein eingefrorener Ton blieb die ausgerufene Zahl leer in der Luft hängen. Die Erregung wuchs, viermal wiederholte der Commissaire-priseur: „Zweihundertsechzigtausend ... zweihundertsechzigtausend ..." Wie einen Falken nach Beute warf er die Zahl hoch in den Raum. Dann wartete er, blickte gespannt und leise enttäuscht nach rechts und links (ach, er hätte noch gern weitergespielt!): „Bietet niemand mehr?" Schweigen und Schweigen. „Bietet niemand mehr?" Es klang fast wie Verzweiflung. Das Schweigen begann zu schwingen, eine Saite ohne Ton.

Langsam erhob sich der Hammer. Jetzt standen dreihundert Herzen still ... „Zweihundertsechzigtausend Francs zum ersten ... zum zweiten ... zum ..."

Wie ein einziger Block lag das Schweigen auf dem verstummten Saal, niemand atmete mehr. Mit fast religiöser Feierlichkeit hob der Commissaire-priseur den Elfenbeinhammer über die verstummte Menge. Noch einmal drohte er: „J'adjuge." Nichts! Keine Antwort. Und dann: „Zum dritten Mal." Der Hammer fiel mit trockenem und bösem Schlag. Vorbei! Zweihundertsechzigtausend Francs! Die Menschenmauer schwankte und zerbrach von diesem kleinen, trockenen Schlag wieder in einzelne lebendige Gesichter, alles regte sich, atmete, schrie, stöhnte, räusperte sich. Wie ein einziger Leib rührte und entspannte sich die zusammengekeilte Menge in einer erregten Welle, in einem einzigen fortgetragenen Stoß.

Auch zu mir kam dieser Stoß, und zwar von einem fremden Ellbogen mitten in die Brust. Zugleich murmelte jemand mich an: „Pardon, Monsieur." Ich zuckte auf. Diese Stimme! O freundliches Wunder, er war es, der schwer Vermisste, der Langgesuchte, die auflockernde Welle hatte ihn – welch glücklicher Zufall – gerade zu mir her geschwemmt. Jetzt hatte ich ihn, gottlob, wieder ganz nahe, jetzt konnte ich ihn endlich, endlich genau überwachen und beschirmen. Natürlich hütete ich mich wohl, ihm offen ins Antlitz zu sehen; nur von der Seite schielte ich leise hinüber, und zwar nicht nach seinem Gesicht, sondern nach seinen Händen, nach seinem Handwerkszeug, aber die waren merkwürdigerweise verschwunden: Er hatte, bald merkte ich's, die beiden Unterärmel seines Mäntelchens dicht an den Leib gelegt und wie ein

Frierender die Finger unter ihren schützenden Rand gezogen, damit sie unsichtbar würden. Wenn er jetzt ein Opfer antasten wollte, so konnte es nichts anderes als eine zufällige Berührung von weichem, ungefährlichem Stoff spüren, die stoßbereite Diebeshand lag unter dem Ärmel verdeckt wie die Kralle in der samtenen Katzenpfote. Ausgezeichnet gemacht, bewunderte ich. Aber gegen wen zielte dieser Griff? Ich schielte vorsichtig zu seiner Rechten hin, dort stand ein hagerer, durchaus zugeknöpfter Herr und vor ihm, mit breitem und uneinnehmbarem Rücken, ein zweiter; so war mir zunächst nicht klar, wie er an einen dieser beiden erfolgreich herankommen könnte. Aber plötzlich, als ich jetzt einen leisen Druck an meinem eigenen Knie fühlte, packte mich der Gedanke – und wie ein Schauer rann es eisig durch mich: Am Ende gilt diese Vorbereitung mir selbst? Am Ende willst du Narr hier den einzigen im Saale angehen, der von dir weiß, und ich soll jetzt – letzte und verwirrendste Lektion! – dein Handwerk am eigenen Leibe ausproben? Wahrhaftig, es schien mir zu gelten, gerade mich, gerade mich hatte der heillose Unglücksvogel sich anscheinend ausgesucht, gerade mich, seinen Gedankenfreund, den einzigen, der ihn kannte bis in die Tiefe seines Handwerks!

Ja, zweifellos galt es mir, jetzt durfte ich mich nicht länger täuschen, denn ich spürte bereits unverkennbar, wie sich der nachbarliche Ellbogen leise mir in die Seite drückte, wie Zoll um Zoll der Ärmel mit der verdeckten Hand sich vorschob, um wahrscheinlich bei der ersten erregten Bewegung innerhalb des Gedränges mit flinkem Griff mir wippend zwischen Rock und Weste zu fahren.

Zwar: mit einer kleinen Gegenbewegung hätte ich mich jetzt noch völlig sichern können; es hätte genügt, mich zur Seite zu drehen oder den Rock zuzuknöpfen, aber sonderbar, dazu hatte ich keine Kraft mehr, denn mein ganzer Körper war hypnotisiert von Erregung und Erwartung. Wie angefroren stockte mir jeder Muskel, jeder Nerv, und während ich unsinnig aufgeregt wartete, überdachte ich rasch, wieviel ich in der Brieftasche hatte, und während ich an die Brieftasche dachte, spürte ich (jeder Teil unseres Körpers wird ja sofort gefühlsempfindlich, sobald man an ihn denkt, jeder Zahn, jede Zehe, jeder Nerv) den noch warmen und ruhigen Druck der Brieftasche gegen die Brust. Sie war also vorläufig noch zur Stelle, und derart vorbereitet konnte ich seinen Angriff unbesorgt bestehen. Aber ich wusste merkwürdigerweise gar nicht, ob ich diesen Angriff wollte oder nicht. Mein Gefühl war völlig verwirrt und wie zweigeteilt. Denn einerseits wünschte ich um seinetwillen, der Narr möge von mir ablassen, anderseits wartete ich mit der gleichen fürchterlichen Spannung wie beim Zahnarzt, wenn der Bohrer sich der gepeinigten Stelle nähert, auf seine Kunstprobe, auf den entscheidenden Stoß. Er aber, als ob er mich für meine Neugierde strafen wollte, beeilte sich keineswegs mit seinem Zustoß. Immer wieder hielt er inne und blieb doch warm nahe. Zoll um Zoll schob er sich bedächtig näher, und obwohl meine Sinne ganz an diese drängende Berührung gebunden waren, hörte ich gleichzeitig mit einem ganz anderen Sinn vollkommen deutlich die steigenden Angebote der Auktion vom Tisch herüber: „Dreitausendsiebenhundertfünfzig ... bietet niemand mehr? Dreitausendsiebenhundertsechzig

... siebenhundertsiebzig ... siebenhundertachtzig ... bietet niemand mehr? Bietet niemand mehr?" Dann fiel der Hammer. Abermals ging der leichte Stoß der Auflockerung durch die Masse, und im selben Moment fühlte ich eine Welle davon an mich herankommen. Es war kein wirklicher Griff, sondern etwas wie das Laufen einer Schlange, ein gleitender körperlicher Hauch, so leicht und schnell, dass ich ihn nie gefühlt hätte, wäre nicht alle meine Neugier an jener bedrohten Stelle Posten gestanden; nur eine Falte wie von zufälligem Wind kräuselte meinen Mantel, etwas spürte ich zart wie das Vorüberstreifen eines Vogels und ...

Und plötzlich geschah, was ich nie erwartet hatte: Meine eigene Hand war von unten stoßhaft heraufgefahren und hatte die fremde Hand unter meinem Rock gepackt. Niemals hatte ich diese brutale Abwehr geplant. Es war eine mich selbst überrumpelnde Reflexbewegung meiner Muskeln. Aus rein körperlichem Abwehrinstinkt war meine Hand automatisch emporgestoßen. Und jetzt hielt – entsetzlich – zu meinem eigenen Erstaunen und Erschrecken meine Faust eine fremde, eine kalte, eine zitternde Hand um das Gelenk gepresst: Nein, das hatte ich nie gewollt!

Diese Sekunde kann ich nicht beschreiben. Ich war ganz starr vor Schreck, plötzlich ein lebendiges Stück kalten Fleisches eines fremden Menschen gewaltsam zu halten. Und genauso schreckgelähmt war er. So wie ich nicht die Kraft, nicht die Geistesgegenwart hatte, seine Hand loszulassen, so hatte er keinen Mut, keine Geistesgegenwart, sie wegzureißen. „Vierhundertfünfzig ... vierhundertsechzig ... vierhundertsiebzig schmetterte oben pathetisch der Commissaire-priseur – ich hielt noch immer die fremde kaltschauernde Diebshand. „Vierhundertachtzig ... vierhundertneunzig ..." – noch immer merkte niemand, was zwischen uns beiden vorging, niemand ahnte, dass hier zwischen zwei Menschen ein ungeheures Spannungsschicksal bestand: Einzig zwischen uns zweien, nur zwischen unseren fürchterlich angestrafften Nerven ging diese namenlose Schlacht. „Fünfhundert ... fünfhundertzehn ... fünfhundertzwanzig ...", immer geschwinder sprudelten die Zahlen, „fünfhundertdreißig ... fünfhundertvierzig ... fünfhundertfünfzig ..." Endlich – das Ganze hatte kaum mehr als zehn Sekunden gedauert – kam mir der Atem wieder. Ich ließ die fremde Hand los. Sie glitschte sofort zurück und verschwand im Ärmel des gelben Mäntelchens.

„Fünfhundertsechzig ... fünfhundertsiebzig ... fünfhundertachtzig ... sechshundert ... sechshundertzehn ...", rasselte es oben weiter und weiter, und wir standen noch immer nebeneinander, Komplicen der geheimnisvollen Tat, beide gelähmt von dem gleichen Erlebnis. Noch spürte ich seinen Körper ganz warm angedrückt an den meinen, und als jetzt in erlöster Erregung die erstarrten Knie mir zu zittern begannen, meinte ich zu fühlen, wie dieser leichte Schauer in die seinen überlief. „Sechshundertzwanzig ... dreißig ... vierzig ... fünfzig ... sechzig ... siebzig ...", immer höher schnellten sich die Zahlen, und immer noch standen wir, durch diesen eisigen Ring des Grauens aneinander gekettet. Endlich fand ich die Kraft, wenigstens den Kopf zu wenden und zu ihm hinüberzusehen. Im gleichen Augenblick schaute er zu mir herüber. Ich stieß mitten in seinen Blick. „Gnade, Gnade! Nicht mich anzeigen!" schienen die kleinen wässerigen Augen zu betteln, die ganze Angst seiner zerpressten Seele, die Urangst aller Kreatur strömte aus diesen runden Pupillen heraus, und das Bärtchen zitterte mit im Sturm seines Entsetzens. Nur diese aufgerissenen Augen nahm ich deutlich wahr, das Gesicht dahinter war vergangen in einem so unerhörten Ausdruck von Schreck, wie ich ihn niemals vorher und nachher bei einem Menschen wahrgenommen. Ich schämte mich unsagbar, dass jemand so sklavisch, so hündisch zu mir heraufblickte, als ob ich Macht hätte über Leben und Tod. Und diese seine Angst erniedrigte mich; verlegen drückte ich den Blick wieder zur Seite.

Er aber hatte verstanden. Er wusste jetzt, dass ich ihn nie und nimmer anzeigen würde; das gab ihm seine Kraft zurück. Mit einem kleinen Ruck bog er seinen Körper von mir fort, ich spürte, dass er sich für immer von mir loslösen wollte. Zuerst lockerte sich unten das angedrängte Knie, dann fühlte mein Arm die angepresste Wärme vergehen, und plötzlich – mir war, als schwände etwas fort, was zu mir gehörte – stand der Platz neben mir leer. Mit einem Taucherstoß hatte mein Unglücksgefährte das Feld geräumt. Erst atmete ich auf im Gefühl, wieder Luft um mich zu haben. Aber im nächsten Augenblick erschrak ich: Der Arme, was wird er jetzt beginnen? Er braucht doch Geld, und ich, ich schulde ihm noch Dank für diese Stunden der Spannung, ich, sein Komplice wider Willen, muss ihm doch helfen! Hastig drängte ich ihm nach. Aber Verhängnis! Der Unglücksvogel missverstand meinen guten Eifer und fürchtete mich, da er mich von der Ferne des Gangs erspähte. Ehe ich ihm beruhigend zuwinken konnte, flatterte das kanariengelbe Mäntelchen schon die Treppe hinab in die Unerreichbarkeit der menschendurchfluteten Straße, und unvermutet, wie sie begonnen, war meine Lehrstunde zu Ende.